P

HENRY MILLER

Reise in ein altes Land

Skizzen
für
meine Freunde

LIST VERLAG MÜNCHEN

Umschlaggestaltung: Design Team, München

Aus dem Amerikanischen von Maria Dessauer, Wilhelm Höck
und Isabella Nadolny

Die Originalausgaben der einzelnen Texte von Henry Miller sind sämtlich bei Capra Press, Santa Barbara, Cal. erschienen, und zwar in folgenden Bänden:
»Erste Eindrücke von Griechenland« (First Impressions of Greece) 1973. »Vorwort zu ›Der Engel ist mein Wasserzeichen‹ « (Foreword to The Angel is My Watermark) und »Wenn man achtzig wird« (On Turning Eighty) sind 1972 in dem mehrere Beiträge umfassenden Band »On Turning Eighty« veröffentlicht worden. »Die Wasser, abermals funkelnd« (The Waters Reglitterized) 1973. »Gedanken über den Tod von Mishima« (Reflections on the Death of Mishima) 1972.

ISBN 3 471 78138 2

Satz: Bruno Leingärtner, Nabburg.
Druck: Karl Wenschow GmbH, München.
Bindearbeit: Klotz, Augsburg.

Erste Eindrücke von Griechenland

Begonnen auf Hydra, im Hause Ghikas. Um mich Madame Hadji-Kyriaco, Katsimbalis, Aspasia, Seferiades und die Zimmermädchen. Großzügige, befruchtende Atmosphäre für Gespräch, Traum, Arbeit, Muße, Faulheit, Freundschaft, alles, alles. Allenthalben der Geist der Ahnen. Der Whisky ausgezeichnet, besonders günstig für Diskussionen über die Blavatsky und Tibet.
Der Geburtsort der »Unbefleckten Empfängnis«. Eine Insel – von einem Künstlervolk erbaut. Wie durch ein Wunder aus dem Nichts geschaffen. Jedes Haus zum anderen in Beziehung gesetzt – wie von einem unsichtbaren Architekten. Alles schneeweiß und dennoch farbig. Die ganze Stadt wie aus einem Traum geschaffen: einem aus Stein geborenen Traum. Auf Schritt und Tritt verändert sich das Bild. Die ganze Insel gleicht einem auf eine Drehbühne montierten Felsklotz. Selbst das Klima rotiert. Wir fahren rückwärts der Sommersonnenwende zu. Der Winter wird kommen: mit Rosen, Melonen, Trauben. Die Erde ist wie getrocknetes Blut, ihr Rot wird beim Erklettern der Wände zum pompejanischen Rot. Die Inseln schweben auf Lichtbändern, winzige weiße Altärchen halten sie am Boden, die wiederum Traumvisionen gleichen. Die Stadt, die vollkommen organisch in künstlerischer Anordnung aus dem Fels emporgewachsen ist, scheint täglich neu geboren zu werden. Sie könnte in Holland oder Dänemark liegen, ist aber griechisch.

In der Festung, in der Ghika wohnt, dreht sich anscheinend jedes Gespräch um Byzanz. Byzanz ist das kulturelle Bindeglied. Doch das Pendel schwingt hin und her, von Mykenä zum Griechenland des Perikles, von der minoischen Zeit zur Revolution, von Hermes Trismegistus zu Perikles Yanopoulos oder Palamas oder Sekelianos. Die Mahlzeiten sind wie für einen Riesen – allein die Hors d'Oeuvres würden genügen. Und der Nachtisch: Melonen, Feigen, grüne Orangen, Trauben, Walnüsse, Türkisches Gebäck, das in Wahrheit nicht türkisch, sondern griechisch ist – byzantinisch – und der Rezina, der alles in Goldstaub auflöst und einem die Lungen mit einer Art flüchtigem Terpentinharz füllt, das verfliegt und Wohlbefinden, Freude und Gesprächsbereitschaft hinterläßt. In

Insel Hydra, 11. 5. 1939

jeder Anekdote offenbart sich ein weiteres griechisches Phänomen – ein menschliches Phänomen –, das an Vielfalt und Verschrobenheit mit den hiesigen Naturwundern wetteifert. (Die Geschichte von dem Bankier, der so schlechte Gedichte machte, dem Schwachsinnigen, der ein pornographisches Tagebuch von 33 Bänden führte, der Nymphomanin, die nachts nackt im Park herumtanzte und die Pensionsgäste verführte, und so weiter und so weiter. Fabeln, Mythen, Legenden in Hülle und Fülle.)
Der Weg zum Meer, zwischen Friedhöfen grauer Felsblöcke, grauem Heidekraut, violett-grünem Stein, blutroter Erde, und dazu überall Weiß und Blau und von Ockergelb triefende Mauern. Die erstaunlichen Gesichter

der Kinder, die so verschieden sind. Einige wie Afrikaner, einige wie Figuren auf Vasen und einige wie Sargbilder. Das Zimmermädchen, das man Demeter ruft, und das auch so getauft ist. Das Haus des Admirals. Die Vernichtung der türkischen Flotte. Alles ist phantastisch, sagenhaft, unglaublich und doch wahr. Alles beginnt und endet hier.

Mit Katsimbalis nach Spetsai, auf einem der unzähligen ausrangierten Fährschiffe, welche die Griechen schrottreif kaufen und dann weitere zwanzig, dreißig Jahre fahren, weil sie ihnen durch ihren Mut, ihre Zähigkeit und Gewandtheit Leben einhauchen. In Hermioni auf dem Peloponnes verlassen wir geistesabwesend das Schiff. Erst als wir vor einem Kriegerdenkmal stehen, merkt Katsimbalis plötzlich, daß er sich geirrt hat. Wir rasen wie die Verrückten in einem klapprigen Ford zum Meer. Mein erster Blick auf Argolis, ein Land, das mich sofort reizt. Es ist möglicherweise der allerälteste Teil Griechenlands. So sieht es aus. Es hat etwas Ursprüngliches, eine Stille, die verzaubert und heilt. Argolis fühle ich mich gleich verbunden, es ist der vertrauteste Boden, auf dem ich auf all meinen Wanderungen gestanden habe. In einem verbeulten alten Ford durch eine solche Landschaft zu sausen, ist widersinnig. Alle Erfindungen kommen einem hier alberner vor denn je. Griechenland wird alle Begriffe des »Fortschritts« überdauern, wird alles, was uns jetzt lebensnotwendig erscheint, assimilieren, zerstören und neu erschaffen. Dies ist der Ort, an dem die Knöpfe in die Knopfform zurückkehren, weil hier alles in einem höheren Sinne rückerstattet wird.

Im Hafen heftiger Sturm. Schließlich reißen die Wolken auf, und wir laufen der noch immer hochgehenden See in einer *benzina* nach Spetsai aus. Kaum haben wir abgelegt, taucht ein weiteres schmuckes Schiffchen auf. Wir rasen nebeneinander dahin; die beiden winzigen Nußschalen bocken wie die Mustangs. Für mich ist es eine homerische Fahrt. Das Boot wird zum mythologischen Tier. Trotz der steifen Brise, der Felsbarrieren zu beiden Seiten, der gewaltigen Wogen, die uns jedesmal zu verschlingen drohen, wenn wir ein Wellental durchqueren, verläßt der Mann am Ruder seinen Platz, um über unseren Köpfen die Segel zu reffen. Der pure Leichtsinn, nur um Zeit zu gewinnen, ein bißchen Treibstoff zu sparen. Wir sehen ihm atemlos zu und wagen kein Wort zu sagen. Eine griechische Tat, von jener Kühnheit, wie sie stets mit List einhergeht. Darin unterscheiden die heldenhaften Griechen sich von den Wikingern. Beide sind unbezähmbar, verläßlich, verwegen, die besten Seefahrer der Welt. Doch bei einem Griechen fühle ich mich vollkommen sicher. Sein Wagemut gründet sich immer auf Gewißheit. Bei der Lösung gefährlicher Aufgaben entwickelt er Genialität. Und das Mittelmeer ist eine strenge Schule. Wer sie absolviert hat, ist wahrhaft Kapitän.
Verglichen mit Hydra erscheint Spetsai blaß. Erscheint untypisch weich, heterogen. Trotzdem hat es einen eigenen Reiz. Wir saßen dort fest und machten uns zu Fuß auf, die Insel zu erforschen. Hier ist der Duft des Vergangenen sogar noch stärker als auf Hydra, Spetsai ist irgendwie traurig. Besonders der alte Hafen, wo noch immer Schiffe gebaut, kalfatert und geschweißt werden. Vier Segelboote lagen in einer Reihe im Hafen vor Anker, wie auf so

vielen französischen Bildern. Die Stimmung hatte etwas seltsam Trübseliges, Ungriechisches. Die vier Schiffe in der Mulde vor dem Gebirge haften mir im Gedächtnis. Wie das Zwielicht in Vergessenheit geratener Taten. Die Dinge sterben schweigend, allen Blicken entzogen.

In Bubulinas Haus, wo sie erschossen wurde. Katsimbalis erzählt mir von ihren Heldentaten. Jetzt bewohnt es ein Herr Tsatsos, Professor an der Universität Athen, der als Verbannter hier lebt und in diesem düsteren, von Gespenstern heimgesuchten Gebäude nächtigt. Im unteren Stock ein kleiner Andachtsraum. Wenn man auf die Toilette geht, ist man umwallt von Weihrauchwolken. Das große Zimmer, in dem Bubulina gestorben ist, steht voller Betten und Sprungfedermatratzen. Unter den Dielen hört man die Ratten wie verrückt herumsausen.

Diesen Tsatsos beneide ich. Ich gratuliere ihm zu seiner Verbannung. Ich werfe rasch einen Blick auf seine Bücher: Goethe, Sheridan, Dante, Aristoteles, D. H. Lawrence, Homer usw. Über seinem Bett ein riesiges Moskitonetz. An dieses Haus wird er sich lange erinnern. Es wird ihm bewußt werden, welches Glück er hatte, die Monate der Einsamkeit darin zu verbringen. Ich beglückwünsche ihn nochmals, ich wünsche ihm alles Gute.

Da ist auch noch John Stefanakos, ein Grieche aus Buffalo, N. Y. Fünfzehn Jahre in Amerika haben ihn amerikanischer gemacht, als ich es je sein werde. Sogar sein Akzent ist amerikanischer als meiner. John ist zu einem Schwein geworden, einem fetten Schwein, dem Sauce von den Lippen tropft. Er hat nichts anderes zu tun, als seinen Landsleuten Geld gegen Zinsen auszuleihen. Er besitzt ein Haus, das einer luxuriös eingerichteten Irrenanstalt gleicht. Seine Frau ist ein bißchen blöd, aber sehr nett. Außerdem ist sie geschickt im Handarbeiten, einer Tugend, die John zu schätzen weiß. Doch Johns Herz ist noch in Buffalo, auf der dortigen Rennbahn. Er hat sich so viele Anzüge von dort mitgebracht, daß er den Rest seines Lebens damit auskommt. Von Griechenland hat er nie etwas gesehen außer Spetsai, wo er geboren ist. Er meint, Griechenland brauche mehr Maschinen und mehr Geld. Er ist das Musterexemplar des verlorenen Sohnes, eines Mannes, den Amerika ans Herz zieht, kastriert und mästet wie einen Eunuchen. Er hat gelernt, teure Zigarren zu rauchen, Whisky zu trinken und aus dem Mundwinkel zu reden. Ihm ist alles abhanden gekommen, was für ein Menschenwesen unerläßlich ist. Er gleicht einer weggeworfenen Blechdose, wie man sie an allen Stränden der Welt findet, im Kielwasser des modernen Fortschritts. Er und Bubulina sind völlig verschiedene Kreaturen. Hoch lebe Bubulina!

Eines Tages wird ein kühner Angelsachse eine Studie schreiben und darin Bubulina mit Jeanne d'Arc vergleichen. Über ihre Fickerei wird er selbstverständlich kein Wort verlieren. Deshalb muß ich mich hier kurz einschalten. Noch jede weibliche Heldin, jede Heilige war von einer flammenden Sexualität. Bubulina fickte sich zum Ruhm. Sie starb schwanger. (Wegen weiterer Einzelheiten wenden Sie sich bitte an George Katsimbalis, Amaroussion.) Weiter im Text. Zum stillen, weißen Nonnenkloster auf der Bergeshöhe, von dem aus man beide Meeresarme überblickt. Alles ist hier erfüllt von Stille und Schweigen. An den terrassenförmig angelegten Hängen ein paar alte Nonnen bei der Arbeit mit Hacke und Spaten. Die Vögel singen in ihren freihängenden Käfigen im Weinspalier, das die kleinen weißen Zellen beschattet. Wieder spüre ich ganz stark, welch hohen Grad der Intelligenz es erfordert, sein Leben so zu gestalten wie diese alten Nonnen. Was sie freiwillig aufgeben, um hierherzukommen, gewinnen sie tausendfältig zurück. Glaube, Moral, Ethik bedeuten nichts. Die Lebens*form* ist es, die Frieden, Charakter und Weisheit schenkt.

Spetsai kennzeichnet einen wichtigen Abschnitt auf der großen Reise, die ich unternehme. Meine langen Spaziergänge mit Tsatsos haben mir bestätigt, daß ich für gewisse Probleme, die mich innerlich bewegen, bereits die richtige Lösung gefunden habe. Obschon wir extreme Gegensätze sind, verstehen wir einander trotz der sprachlichen Schwierigkeiten ausgezeichnet. Das Wesentliche *chez* Tsatsos war seine Lauterkeit. Ich spürte, daß ich einem Mann von Geist begegnet war, daß er zu jenen Menschen aus Vergangenheit und Zukunft gehörte, denen zu begegnen mir vom Schicksal bestimmt ist. Von einigen wird man ermutigt, von anderen bestätigt.

Schade, daß mein Freund ›Alf‹ nicht zuhören konnte, als es um Goethe ging. Einen Griechen in seiner Sprache über »Frömmigkeit« sprechen zu hören, war wirklich überraschend. Auch Tsatsos war, glaube ich, auf seine Art erstaunt. (Am meisten überrascht war jedoch John aus Spetsai, als er »Mr. George«, wie er Katsimbalis kurioserweise tituliert, zuhörte. Ihm kam alles, wie wir in Amerika sagen würden, »griechisch«, also spanisch vor.) Was bedeuten Rasse, Sprache, Herkommen, Beruf, Metier und Bildung noch, wenn der Geist sich wandelt. Sonderbare Verbindungen, sonderbare Trennungen. Überall gibt es nur Menschen, nur Individuen. Das Übrige ist törichtes, sinnloses Geschwätz zwischen großen Erschütterungen der Zeit und Materie. Nehmen wir zum Beispiel den Anargyros. Er macht einen Riesenfehler. Illusion eines illusionslosen Menschen. Den Griechen »Team-Arbeit« beibringen zu wollen, wie der naive englische Professor sich ausdrückt, ist purer Blödsinn. Im höchsten Grade sinnlos. Wenn sich die Griechen erst ins Joch spannen lassen, werden sie keine Griechen mehr sein. Nur die Engländer mit ihrer angeborenen Verständnislosigkeit für alles Anders- und Fremdartige konnten solchen Unsinn glauben. Anargyros hält sich an die Tradition der amerikanischen Millionäre, er tut, was ihm paßt und sucht es im nächsten Leben durch fromme Stiftungen auszugleichen. Fromme Stiftungen sind überall von Übel, auch in Griechenland. Der Geist des Anargyros steckt in seinen Zigarettenmarken Helmar, Murad und Turkish Trophies, die ich wieder rauchen werde, wenn ich mir solchen Luxus finanziell erlauben kann. (Die erste Zigarette meines Lebens war eine aus dem Sortiment des Anargyros. Heute schätzt man in Amerika diesen Geschmack nicht mehr. Allen Griechen rate ich: Raucht Murad!)

Ein weiterer ausrangierter, stampfender Waschzuber, ein englisches Kanalboot, bringt uns nach Nauplia. Unterwegs sollen wir in Leonidion anlegen. Eben geht die Sonne unter. Katsimbalis erzählt. Wundervolle Geschichten, eine nach der anderen, eine besser als die andere, ein unaufhaltsamer Strom, während die Dunkelheit herabsinkt. Ich bin neugierig auf diesen Ort, aus dem seine Vorfahren stammen. In Gedanken habe ich mir bereits bestimmte Vorstellungen davon gemacht. Wir nähern uns dem Ufer.

Es ist genau, wie er es geschildert hat. Ein Paß wie aus Dantes Hölle im schwarzgrünen Gebein des Gebirges. Die niedrigen Hügel weichen langsam auseinander wie schwere, von Riesenhand an lautlosen Flaschenzügen bewegte Vorhänge. Der Ort liegt wie eine Handvoll Hühnerfutter um das Hafenbecken. Eine einzige starke, elektrische Birne erleuchtet den Kai. Eisig-feucht haucht es uns an. Eine Ladung Stühle wird gerade herangerudert. Die Stühle wirken total fehl am Platz. Sitzen in diesen kalten Sumpfdünsten Menschen auf Stühlen? Wo sind die Adler, Geier, Kondore? Wo sind die Indianer? Aus irgendwelchen Gründen erwarte ich, Indianer zu sehen, die aus ihren versteckten Wigwams treten. Der Ort ist ein Schrecknis ungeahnten Ausmaßes, ein lebendiges Sinnbild des Grauens und unheilvoller Ahnungen. Wir gehen wieder unter Deck. Wir machen ein Nickerchen. Wir wachen auf. Wir sind in Paris, auf der Rue du Faubourg Montmartre. Katsimbalis weiß noch nicht, was diese Straße für mich bedeutet, daß auch ich sie Nacht für Nacht immer wieder aufgesucht habe. Ich lasse ihn reden. Ich bin vom unerschöpflichen, unaufhaltsamen Strom seiner Erzählungen wie betäubt. Wie *lebenswarm* diese Geschichten sind! Wie prall, wie menschlich, wie dunkel, wie zart, wie liebevoll und großartig. Er ist kein *raconteur*. Er ist eine lebende Orgel, deren tiefes Dröhnen in der grenzenlosen Einsamkeit eines ertaubten Griechenlands widerhallt. Er überreicht mir, dem Fremden, gewaltige Geschenke, große, von Leben strotzende Sprachgebinde. Mir ist, als könne ich mich plötzlich spalten und nicht mehr meine Geschichten erzählen, sondern seine. Ich fürchte mich, allzu aufmerksam zuzuhören. Die Verantwortung ist zu groß ... Bei der Ankunft im Hafen stehen dort zwei Gefangene, mit Handschellen aneinander gefesselt. Mir kommt der Gedanke, daß auch Katsimbalis und ich so aneinander gefesselt sind, aber nicht kraft des Gesetzes. Ich glaube, wir sind für alle Zeit aneinander gefesselt. Wir wandern unsere Straße gemeinsam bis ans Ende. Ich grüße meinen Bruder und Mitgefangenen.

Vor dem Schlafengehen noch ein kurzer Gang durch die Stadt. In mancher Hinsicht hat Nauplia etwas Französisches. Es ist eine Stadt der Würde, eine Stadt der Ordnung. Der kleine Platz vor dem Museum, auf dem die verdrehten Städter auf- und abpromenieren, hat eine eigene Atmosphäre. Schattenhaft ragt droben die Festung auf. Bedrückende Lautlosigkeit. Es ist totenstill. Die Straßen führen hinaus in einen offenen, geometrischen Raum. Ein Heldendenkmal steht nackt, schaudernd, freudlos, fahl und verlassen in der grenzenlosen Nacht. Diese Statue ist ein Irrsinn. Morgen früh werde ich die Ebene von Argos erblicken, den Rauch, der sanft aus imaginären Wigwams aufsteigt. Ein uns so fremdes Land, wie William Penn es sah, als er die Delawaren begrüßte. Die Indianer wollen mir nicht aus dem Sinn, seit ich den Peloponnes erblickte. Warum, ist mir rätselhaft. Ich lasse es dabei ...

Im Morgengrauen vor Kälte zitternd aufgewacht. Ein Gang hinunter an den Kai. Ich sehe den Nebel vor mir aus den Niederungen gegenüber steigen. Ich stehe vor Argos. Es ist ein Schock. Erst jetzt wird mir bewußt, was Argos bedeutet, mit seinen Mythen und Legenden. Plötzlich fällt mir auch ein, warum es mir so bekannt vorkommt. Es gleicht aufs Haar der ganzseitigen Abbildung in meinem Geschichtsbuch. Im ersten Frühnebel erinnert es noch stärker an Nordamerika. Wo sind die Büffel, die Kanus, die Wigwams? Ich sitze im *salon* und warte auf Katsimbalis. Ich lese alle von den Gästen des »Grande Bretagne« an den geschäftstüchtigen Hotelier geschriebenen Briefe. Alle von Idioten verfaßt! Ich würde gern einen vernünftigen Brief über das Trojanische Pferd schreiben. Doch das Hotel soll demnächst abgerissen werden...

Eine Fahrt im *automotrice* für zwölf Drachmen (!!) nach Mykenä. Vom Bahnhof aus gehen wir zu Fuß. Es ist Sonntagmorgen, noch vor acht Uhr. Ein kleiner Junge weint bitterlich, weil ihm ein Kamerad sein Geld gestohlen hat. Es ist grotesk, schon so früh am Morgen jemanden weinen zu hören. Wie ein Tier, das sich verirrt hat. Als wir um die letzte Kurve biegen, fällt mein Blick auf einen runden, grünen, glatten Hügel – der schönste Rasen, den ich je sah. Ich bin überzeugt, daß unter diesem Riesenpfühl aus Erde Tote ruhen. Ein paar Schritte weiter kommen wir am ersten Grabmal vorüber – es ist das Agamemnons. Jetzt erblicke ich Mykenä, die Ruinen, den Schreckensort. Auch hierfür ist der Platz gut gewählt. Tiryns, Argos, Mykenä – drei strategisch wichtige und geheiligte Stätten. Nichts wird ihre Wirkung je zerstören. Kulturen mögen erblühen und vergehen, doch diese Stätten werden davon unberührt bleiben. Sie sind für immer und ewig verwurzelt in der Landschaft, der Zeit, der Geschichte und der Entwicklung der Menschheit.

Ein sehr wichtiges Vorkommnis: Lunch *al fresco* im Belle Hèlène. Das beste Essen bisher in ganz Griechenland. Und als Vorgericht ein dickes Buch über die Archäologie der

Britischen Schule. Unter einem Baum eingenickt. Ein paar Männer auf dem Feld, die Land vermessen. Ein Streit um Besitz. Mir scheint, die Szene paßt sehr gut hierher. Mit einem Schlag hat die Erde wieder Bedeutung, und wenn es nur um einen Quadratmeter geht. Die Probleme der Gigantenstädte liegen weit. Keine abstrakten Diskussionen, keine abstrakten Kalkulationen, keine abstrakten Liegenschaften. Land, mit dem Zollstab gemessenes Land. Wie aufregend. Noch aufregender, sich vorzustellen, daß der Kerl, dem dieses Land gehört, den Boden umpflügen wird, ohne sich um die ringsum verstreuten Zeugen einer toten Vergangenheit zu kümmern. Der ewige Bauer, der in der ewigen Gegenwart lebt. Ein Mensch ohne Geschichtssinn, der Untermann, auf den sich alle kulturellen Veränderungen stützen ...

In Epidauros. Wohl der vollkommenste Erdenfleck, den ich bisher gesehen habe. Strahlendes Wetter, der blaue Himmel noch stählerner blau als sonst, die Hügel schneiden in den Himmel wie Rasiermesser. Das also war einmal eine der großen Heilstätten der antiken Welt. Und wenn nicht ein einziger Stein geblieben wäre, von seinem Ruhm zu künden, Epidauros ließe sich aus der Phantasie wiedererrichten. Ich muß an meine Psychoanalytikerfreunde denken, an Otto Rank, Dr. René Allendy, Dr. E. Graham Howe, an Jung, Freud, Stekel und all die anderen. Sie arbeiten nur mit Trümmern, Wracks, Überresten, Torsos und abgeschlagenen Köpfen.

Zur Zeit des Äskulap war der Mensch noch ein Ganzes. Über den Geist war er zu erfassen. Körper und Geist waren eins. Die Metaphysik war der Schlüssel, der Dosenöffner für seine Seele. Heute kann selbst der berühmteste

Analytiker den Menschen nicht mehr wiedergeben, was sie verloren haben. In Epidauros sollte jedes Jahr ein Ärztekongreß stattfinden. Als erstes müßten die *doctores* selbst in die Kur genommen werden. Hier wäre der Ort dafür. Ich würde ihnen zunächst einmal einen Monat völlige Stille, völlige Entspannung verordnen. Ich würde ihnen verbieten zu denken, zu reden – und zu theoretisieren. Ich würde warten, bis Sonne, Licht, Hitze und Stille ihre verheerende Wirkung getan hätten. Ich würde warten, bis sie in der geisterhaften Einsamkeit ein bißchen irre geworden wären. Ich würde ihnen verordnen, den Vögeln zu lauschen, dem Klingeln der Ziegenglocken oder dem Rascheln der Blätter. Ich hieße sie im riesigen Amphitheater sitzen und meditieren – nicht über Krankheiten und wie man ihnen vorbeugt, sondern über die Gesundheit, auf die jeder Mensch ein Anrecht hat. Die schweren, schwarzen Zigarren der Freudschen Schule würde ich verbieten und vor allem – Bücher. Ich würde ihnen nahelegen, sich einem Zustand größter, seligster Ignoranz zu überlassen. Ich würde jedem von ihnen eine Perlenschnur geben. Gratis. Und sonnenwarme Trauben. Dann würde ich einen Hirten kommen lassen, der ihnen auf einer geborstenen Flöte ein paar urtümliche anatolische Töne bläst . . .

Daphni besucht. Die Kirche interessiert mich weit weniger als die Landschaft, das Licht, der violett-graue Fels. Ich schlage die Heilige Straße ein, die zum Meer führt. Wie damals, als ich unwissentlich nach Byron ging, bin ich von der Stimmung wie berauscht.

Heute, am Sonntag, konnte ich das Wunder beobachten,

wie das Licht die Bäume bewohnt. Das Licht strömt buchstäblich durch das Laub und erzeugt dabei eine durchsichtige grüne Hülle, eine Gloriole, die ureigenste Aura des Baumes. Seine Seele offenbart sich. Die Bäume sind in Unschuld getaucht, in die Reinheit ihres Wesens. Es wird bestürzend deutlich, wie weit Körper und Seele getrennt sind. Man könnte verrückt werden. Um so mehr, weil der Boden karg ist, das Grau so rosig und die Felsabstürze etwas so tibetanisch Schräges an sich haben. Die Blätter sind keine Blätter mehr, nur noch grüne, trunkene Pinselstriche. Der silbrige Salbei drückt sich so beharrlich an den Boden, als gälte es, die unergründlichen Geheimnisse der Schlangen zu bewahren. Ich mache mich auf, den Hang hinaufzuklettern, um besseren Überblick über die Landschaft zu gewinnen, doch so viele unverhüllte Schönheit ängstigt mich. Auf halber Höhe bleibe ich stehen: ich sehe mich um und begreife nichts. Es sieht hier aus wie in einer der irren magischen Szenen, wie Shakespeare sie manchmal aus reiner Verzweiflung beschwor. Hier zählt der Mensch wieder zu den Kriechtieren. Hier wagt er nicht mehr aufrecht zu gehen, es sei denn als Gott. Das ist die seit undenklichen Zeiten verhängte Strafe, das große Geheimnis von Griechenlands Einfluß, seiner zeitweiligen Selbstverleugnung und Entthronisierung. Hier hat der Mensch zuerst gelernt, als Gott einherzuschreiten. Und eines Tages wird er es wieder tun – als Gott. Wenn er erst vergessen hat, was er jetzt weiß. (Dieser Gedanke kam mir ausgerechnet heute, als ich zum erstenmal in einem Flugzeug saß. Wie vollkommen albern, wie degradierend, so auf einem Sessel in der Luft zu sitzen, von einem Motor vorwärtsgetrieben und selbst total passiv, total untätig. Fliegen ist die unterste Stufe des Reisens. Ebensogut könnte man ein Stück Dreck sein.)

In Heraklion – ich friere mich halbtot. Die Bananenbäume befinden sich auf der anderen Seite der Insel. Es ist Winter geworden, doch es gibt keine Heizung. Wir warten darauf, daß die Sonne aufgeht. Die tote Katze fällt mir ein, die kopfunter in der tiefen Schlucht vor der Stadtmauer liegt. Heute morgen noch haben sich die Schmeißfliegen an ihrem Kadaver gütlich getan. Jetzt ist Abend, und die Fliegen sind vermutlich tot. Auch Heraklion ist tot. Es gleicht Imperial City in Kalifornien, dem Ort, an dem ich eindeutig schizophren geworden bin. Mir ist zumute, als wäre ich auf den Azoren, auf Madeira, obwohl die Architektur mehr an Dickens' *Old Curiosity Shop* erinnert. Ich bleibe stehen und höre dem Geplärr eines Grammophons zu, das mitten auf der Straße vor einem Restaurant auf einem Stuhl steht. Die Musik klingt türkisch. Die Leute sehen mich an, weil ich dem Grammophon zuhöre. Alle haben Gesichter wie Cyrano de Bergerac. Die Bäckereien sind ganz wie in Pompeji – auch die Hackklötze der Fleischer. Dazu kommt bei den Fleischern noch eine effektvolle rote Schürze, ein venezianisches Segel. In den bezaubernden Innenhöfen sieht man schöne Gesichter, bestürzend schöne Mädchen, die hier ihr Leben eingeschlossen vertrauern werden. Die Männer stolzieren herum wie Piraten auf Urlaub. Die Schneider sitzen in Strümpfen auf ihrer Bank. Überall gibt es Stiefel aus feinstem Ziegenleder zu kaufen. Besonders faszinierend sind die roten. Das Essen ist miserabel. Gäbe es keinen Bill X., Inhaber des Café Central, ich würde mich zu

Tode langweilen. Er bewirtet mich mit Erzählungen aus Montreal, wo er einmal ein gutgehendes Restaurant besaß, ehe er in der Wirtschaftskrise pleite ging. Im Gegensatz zu den griechischen Gewohnheiten ißt Bill zu früher Stunde. Er behauptet, er spräche immer nur die Wahrheit – anders als seine Landsleute. Die haben keinen Geschäftssinn, sagt er. Die legen sich nur gegenseitig gern aufs Kreuz. Als er das Café umbaute, hielt man ihn für übergeschnappt. Er hatte gutes Trinkwasser, das er aus einem Nachbardorf holen läßt. Er ist ein »Weißer«.

Erst als ich das Porträt von Metaxas zum x-tenmal anschaue, wird mir plötzlich klar, daß er dem Wiener Psychoanalytiker Otto Rank heruntergerissen gleicht. Man sollte ihm noch eine Zigarre in den Mund stecken, um die Ähnlichkeit vollkommen zu machen. Hübsch, daß im Kino ein Laurel-und-Hardy-Film angezeigt ist. Und daß man für Arizona-Schuhwichse wirbt. Die Welt kommt vorwärts! Die Minoer, die armen Schweine, mußten noch ohne solchen Luxus auskommen. Beim ständigen Anblick dieser Kioske voller Schnürsenkel, Zigaretten, Süßigkeiten und Andenkenkitsch fallen mir mit Schrecken die Slums und das Getto ein. Die gleichen Jammermienen schauen aus den Buden, in denen arme Teufel ihr Leben in Einzelhaft verbringen. Ich sehe, wie sie meinen Mantel mustern, meinen Hut, meine Schuhe. Ein Amerikaner muß Millionär sein, unbedingt. Wenn wir aber unsere Bankkonten, unser ganzes Soll und Haben vergleichen, wäre ich ärmer als sie alle zusammen. In den Gesichtern, die aus den Kiosken spähen, liest man vor allem eins: Verzweiflung. In diesem Punkt ist allerdings jeder Amerikaner Millionär: er hat noch Hoffnung. Er wird nicht sein Leben lang

in so einem Kiosk hocken. Möglicherweise wird er in einer Untergrundbahnstation Billetts knipsen, doch Schnürsenkel und solchen Kram braucht er nicht zu verkaufen. Das bleibt den »Einwanderern« vorbehalten.
Als ich in Phaistos ankomme, dem Ort, der dem Himmel am nächsten liegen soll, steht dort Kyrios Alexandros und dienert schon aus dreißig Metern Entfernung. Er begrüßt mich mit: »Sie schickt Gott.«
Ich bin der erste Gast, der erste Tourist seit mehreren Monaten. Alexandros weint, er küßt mir die Hände, er nennt mich Herr Professor. *Bon! D'accord.* Was gibt es zu essen? Zum Glück habe ich mir etwas Proviant mitgebracht. Während Alexandros meine verschlammten Schuhe abkratzt, frage ich ihn nach seinen Vorräten.
Leider: die Speisekammer ist leer. Doch er hat den schwarzen Wein im Hause, den zu probieren mir Bill X. aus Montreal so warm ans Herz gelegt hat. Gut. Ehe ich mir die Ruinen ansehe, werde ich essen. Ich lade Alexandros ein, mitzuhalten. Über dieses Anerbieten ist er ehrlich entsetzt. So etwas tut man nicht. *Soit.* Ich probiere in kleinen Schlückchen den Wein. Die Oliven sind miserabel. Wenn sie überhaupt nach etwas schmecken, dann nach Schlick. Alexandros erzählt. Er ringt die Hände und beschwört Gott, Hitler Einhalt zu gebieten, damit wieder Touristen kommen. Ich denke an tausend Dinge zugleich: an die Frauen von Kreta, wie sie im Winter im Palast umhergegangen sind, an Arizona, an Neu-Mexico, an das Mondtal in Kalifornien, an Shangri-la, denn näher werden wir dem im Kino gezeigten Shangri-la auf dieser Erde niemals kommen. Was mir unsäglich fehlt, ist ein Gefährte. Hier ist es wundervoll und ich fühle mich so

vollständig wohl, daß mir plötzlich das Gewissen schlägt wie einem Verbrecher, nur weil ich dies alles allein genieße. Auf der dem Gebirge Ida zugewandten Seite sind die Herbstfarben der Erde hinreißend. Zum erstenmal im Leben sehe ich eine Symphonie von Umbra-Tönen. Und auf der dem Meer zugewandten Seite ist der Boden rot, ist sie der irdische Ton, aus dem der Schöpfer den Menschen nach seinem Bilde schuf. Der Mensch ist zwar jammervoll in Ungnade gefallen, doch die Natur ist heilig geblieben. Die braunen Felsabstürze gleichen der Haut von Wassertieren. Äonen lang sind sie mit Schwemmsand gescheuert, versengt, gedörrt, verbrannt und wieder von wahren Sintfluten überspült worden. Alles ist Liebkosung, alles fügsam, unterwürfig und sanft geworden. Es ist der weichste Ort, den ich kenne. Phaistos ist durch und durch weiblich. Sicherlich waren es die Frauen auf dem Königsthron von Minos, die es zu ihrer Residenz machten. Die weibliche Linie der großen Dynastie hat Wesen, Charme, Raffinement und unerschöpfliche Vielfalt dieser Landschaft geprägt.

Den Palast des Minos in Knossos betrat ich versehentlich von der Rückseite her. In meiner Begeisterung war ich am Haupteingang vorbeigelaufen. Hinter einer Biegung erspähte ich eine große Säule: die restaurierte Säule. Es war genau im richtigen Moment, denn als ich die Biegung erreichte, sagte ich mir: Hier irgendwo muß es sein, das ist die richtige Stelle dafür. Ich glaube, ich fände jetzt ohne Kompaß und Reiseführer zu jedem Heiligtum der Welt. Jeder dieser Orte hat seine Gottheit, die uns heranzieht, wenn wir uns nähern. An allen diesen Orten hüllt sich die Erde in ungewöhnliches Schweigen – ist sie von dynamischer Passivität, die so vital ist, wie es die elektrischen Ströme des Kosmos sind.

Es ist nicht nur unvorstellbar, sondern absolut unmöglich, daß diese heiligen Stätten eines Tages den Weg allen modernen Fortschritts gehen. Keine Maschine vermag in solcher Atmosphäre zu überdauern. Hier regiert der *genius loci* noch als Tyrann, als absoluter Herrscher über Vergangenheit, Gegenwart und Zukunft. Was Menschengeist in diesen wenigen Zentren des Chaos hervorbrachte, bleibt unzerstörbar. Um diese zeitlosen Felsen, diese schweigenden Verankerungen der Erde wirbeln die Wasser des Lebens. Und wenn ich mir die Zeugen der Vergangenheit in Museen ansehe, kommt mir oft der Gedanke, daß der Mensch durch das Ausräubern der Grabstätten im Grunde nur zur Bewahrung ihrer geistigen Unantastbarkeit beiträgt. Es ist gut, wenn alle materiellen Beweismittel verschwinden. Die Museen werden eines Tages in Staub zerfallen und mit ihnen alle Zeugnisse einstiger menschlicher Größe. An den »Orten« aber wird der Geist sich ewig halten, und gegen seinen Willen wird der Mensch wieder zu ihnen hingezogen werden und dadurch sein Erbteil neu entdecken.

Gerade im solide befestigten Knossos spürt man die wundersam heilende Wirkung eines langsamen Lebensrhythmus. Man spürt: hier wurde alles ohne Überstürzung getan. Selbst die Rassenmerkmale – welcher Rasse eigentlich? – zeugen von diesem bedächtigen, würdevollen Rhythmus. Schon der große Thronsessel des Königs Minos spricht Bände. Auf so einen Sitz setzte man sich nicht, wie man sich heute auf einen Stuhl setzt. Man ließ den üppigen-majestätischen Leib langsam auf ihn herab, um sich in magischen Kontakt mit der Erde zu bringen. Der Sessel war auch tief in den Eingeweiden der Erde verankert. Er war ein Sitz der Rechtsprechung und Gerechtigkeit, alles wurde sorgsam erwogen, sorgsam überlegt. In der Legende wird Minos als ein tributheischendes Ungeheuer dargestellt. Steigt man jedoch zu diesem Sessel hinab, spürt man, daß er ein großer Gesetzgeber war. Er verteilte Recht und Weisheit. Er verkörperte die Kunst, den Frieden, das Gewerbe, die Lebenslust, das Wohlbehagen. Lebensfreude, das ist es, was selbst die traurigen Ruinen von Knossos noch heute ausstrahlen. Noch heute liegt auf den Gesichtern der Kreter ein Licht, das ich bisher nirgends in Griechenland entdeckt habe. Der Blick ist voll, unverstellt, ohne Furcht und Arg. Die Seele des Kreters kennt keine Niedertracht. Er sieht uns unter seinem schwarzen Turban hervor an, wie die alten Heiden einen angesehen haben müssen. Die Leiden und Entbehrungen von Jahrhunderten haben diesen leuchtend ehrlichen Blick nicht trüben können. Außer den Berbern und Arabern und gewissen indischen Volksstämmen haben die Kreter den menschlichsten Ausdruck, den ich kenne. In diesen Gesichtern drückt sich nicht nur Rasse und Charakter aus, sondern eine im Gehabe der Menschen fast ausgestorbene Eigenschaft – Würde.

An Bord der guten alten »Frinton«, die mich letzten Juli von Athen nach Korfu brachte, auf meiner ersten Reise. Es ist wie das Wiedersehen mit einem alten Freund. Die gleiche Mannschaft, die gleichen Stewards, der gleiche Maître d'Hotel. Ich muß drei Stunden auf den gekochten Reis warten, den ich bestellt hatte, als ich an Bord ging, – nur um dann zu erfahren, sie hätten gar keinen Reis. Sehr

griechisch. Nur nie Nein sagen! Entgegen den Weisungen des Apothekers bestelle ich mir das ganze Menü. Diarrhöe hin, Diarrhöe her, ich will etwas essen. Droben im Salon wird Swing gespielt – Platten aus Athen. Mein Kopf ist voll von Nijinsky, dem russischen Ballett, Monte Carlo, Wien, Budapest, London. Ich habe beinahe vergessen, wo wir sind. Kreta scheint in ferner Vergangenheit zu liegen. Ich erinnere mich, wie ich mir gegenüber dem Morosini-Brunnen die Schuhe putzen ließ, und wie schön die letzten flüchtigen Blicke in die Runde waren. In letzter Minute arbeiteten die Augen fieberhaft und verschlingen alles wie ein Hungernder. Die Frage bleibt ja immer: kommt man je wieder hierher?
Gerade als ich abreisen will, trifft eine dringende Einladung ein, *monsieur le préfet* wünscht mich in seinem Büro zu sehen. Ich gehe mit Alexion und Kafatos, dem Landwirtschaftsexperten, zu ihm. Der Préfet – Kyrios Stavros Tsoussis – hat offenbar seit meiner Ankunft nach mir gesucht. Er wollte mir sein Stromlinienauto zur Verfügung stellen, er wollte, daß ich an einem mir zu Ehren stattfindenden Essen teilnahm, er wollte mich wissen lassen, welche Freude es ihm machen würde, einen Fremden aus einem freien Land kennenzulernen.
Stavros Tsoussis ist eine außergewöhnliche Persönlichkeit: eine Renaissancegestalt. Was er eigentlich in Candia macht, ahne ich nicht. Er hat das Zeug zu einem begabten, gescheiten Diktator, einem Mann der Tat, er ist entschlossen, gerissen, wach, tüchtig, und in seiner Dynamik beinah amerikanisch. Zum erstenmal im Leben hat die Polizei nach mir gesucht, um mich zu *ehren*. Ich sage ihm das. Wir sprechen über Phaistos, über das »Friedliche« der mi-

noischen Epoche. Beim Abschied habe ich den Eindruck, mit einem Mann zusammen gewesen zu sein, der eines Tages berühmt sein wird, einem Mächtigen dieser Welt. Nichts hat mich seit meiner Ankunft in Griechenland so erstaunt. Vor seiner Dienststelle lungert ein zerlumptes Straßenbalg herum, barfuß. Die Anwesenheit der Polizei scheint ihm keinerlei Eindruck zu machen. Das habe ich noch in keiner Stadt der Welt erlebt. Dabei fällt mir die Académie Pédagogique in Candia ein. Da ich Alexion nicht mehr finden kann, bitte ich um Erlaubnis, die Schule zu besichtigen. Ich gehe von einem Klassenzimmer ins andere, sogar in die Schulküche und die kleine landwirtschaftliche Versuchsstation hinten im Hof. Wie soll man diese Schule beschreiben? Sie ist *menschlich,* intensiv menschlich und warm, als seien Lehrer und Schüler miteinander befreundet oder verwandt. Im Musikunterricht wird mir sogar etwas vorgesungen: vierzig, fünfzig kraftvolle Bässe singen ein byzantinisches Kirchenlied für mich. Danach kommt Notenlesen an die Reihe, aus dem sonderbarsten Notenbuch, das man sich vorstellen kann. Alles mit Lust und Liebe. Man zeigt mir Apparate für Physik- und Chemieunterricht. Man bedauert, so wenig Lehrmittel zu besitzen, erzählt mir von einem geplanten Neubau. Zum Teufel mit Eurem Neubau! Behaltet nur Euren alten Geist. Griechenland braucht keine Neubauten, keine neuen Apparate. Griechenland kommt mit dem Allernotwendigsten aus, und zwar wunderbar. Wozu mit den reichen Ländern wetteifern? Wozu sich mit überwältigenden Handicaps auf ein solches Rennen einlassen? Ich gehe in den krummen Gassen spazieren und blicke in große Hofräume hinein. Genau wie Madeira. Davon bin

ich überzeugt, obwohl ich nie in Madeira war. Ich betrete einen Laden, um mir Ansichtskarten zu kaufen. Einige sind schmuddelig und zerknittert. Der Ladeninhaber überläßt das Geschäft seiner Frau und läuft in seine Wohnung, um sie sauberzumachen (sic!). Seine Frau ist Französin. Sie stammt aus der Normandie. Sie erzählt mir von Frankreich. Ihr fehlt hier das saftige Grün der Normandie, die Kühe, die fetten Weiden. Sie hat ein grämliches Gesicht, einen stumpfen Blick und die widerwärtige Art der Franzosen, alles auf das Logische und Reale zu verkleinern. Ich beginne ihr zu widersprechen. Ich lobe begeistert die kahlen Gebirge, den Staub, die Felsen, die sengende Sonne. Sie sieht mich an, als sei ich übergeschnappt. Jawohl, liebe Frau, ich liebe Griechenland, weil es eben Griechenland ist und nicht Frankreich. Ich liebe das Griechische an Griechenland. Verrückt, was? Behalten Sie Ihren französischen Garten, die Mauern um Ihr Haus, Ihre maßvollen Verneinungen, Ihre Logik, Ihre Sous, Ihre Stimmungen im Konjunktiv. Das ist ja das Gute an Griechenland, daß es unlogisch, paradox und von Anfang bis Ende ein einziger Widerspruch ist. Dafür ist Griechenland niemals »blaß«, niemals »trüb«. Sogar die künstlichen Augen im Schaufenster des Apothekers sind interessant. Ungeheure Augen, geschaffen für Zyklopen ...
Abends im Hause von Kyrios Elliadi. Während wir beim Essen sind, kommt Besuch: der Vorsitzende der Schneiderzunft von Candia. »Bleiben Sie sitzen«, sagt Elliadi, »es ist nur mein Schneider.« Eine Minute später kommt ein weiterer Besuch, auch irgendein Vorsitzender. »Woher kommt Ihr, werter Herr?« fragt er mich. Es folgt ein mehr als surrealistisches Gespräch, in dessen Verlauf wir

uns über das Schneiderhandwerk, den Krieg, die Vertreibung aus Kleinasien, die Statuen an der Riverside Drive N. Y., die Jüdische Frage, die Lebenshaltungskosten einer vierköpfigen Familie und die freie Börse in der Wallstreet etc. unterhalten.

Elliadi, muß ich hinzufügen, ist britischer Konsul in Candia, ehemaliger Smyrnaflüchtling. Am Abend meiner Ankunft, als ich allein im Restaurant saß, kam er an meinen Tisch und fragte, ob ich Mr. Miller sei. Er wollte mir mitteilen, daß er mir voll und ganz zur Verfügung stehe; besonders deswegen, weil Sie Amerikaner sind, setzte er hinzu. Und dann erzählte er mir, was ich mittlerweile schon so oft gehört habe: von der selbstlosen amerikanischen Hilfe nach der Vertreibung der Griechen aus Kleinasien. Dieser Mann hatte sich geschworen, die Freundlichkeit der Amerikaner nie zu vergessen. Das rührte mich natürlich. So manches Mal habe ich mich abfällig über meine Landsleute geäußert, doch an der Tatsache, daß sie hilfsbereit sind und oft nur aus menschlichem Mitgefühl spenden, ist nicht zu rütteln. Auf dieser Reise durch Griechenland, bei der ich die Lebensgeschichte von Griechen höre, die in den Bergwerken von Arizona, Montana, Alaska gearbeitet haben, von Männern aus Holzfällercamps, aus Farmen, Stahlwerken, Automobilfabrikanten, von Männern, die einen Obstkarren oder ein Restaurant, einen Limonadestand oder einen Blumenladen hatten, höre, wie sie begeistert Amerikas Lob singen, frage ich mich manchmal, ob ich nicht doch ein falsches Bild von meinem Vaterland habe. Noch ein anderer Gedanke kommt mir oft, in Augenblicken der Einsamkeit, wenn die Rassen- und Sprachbarriere mich von meiner Umwelt trennt: der Gedanke nämlich, daß ich ausersehen bin, in stark verkleinertem Maß die Gefühle zahlloser Einwanderer beim Eintreffen in der neuen Heimat Amerika nachzuempfinden, einen schwachen Abglanz ihrer Kämpfe nachzuvollziehen, ihres Verlangens nach Kameradschaft, nach ein wenig menschlicher Teilnahme. Ich suche mir mein Leben vorzustellen, wenn ich gezwungen wäre, für immer in einem fremden Land zu bleiben, darin meinen Unterhalt zu verdienen, die fremde Sprache zu erlernen, mich den dortigen Gebräuchen anzupassen. Die wenigen Amerikaner, die ihre Nationalität wechselten, taten dies unter völlig anderen Umständen als die von uns aufgenommenen Einwanderer. Für den Amerikaner ist es ein Luxus, eine wunderliche Marotte, die er sich freiwillig leistet. Nie ist es ein bitteres Muß, geboren aus Verzweiflung und Ausweglosigkeit. Wer einmal Amerikaner ist, bleibt es auch. Lafcadio Hearn wurde zwar waschechter Japaner, doch der stammte von irisch-griechischen Eltern ab und war ein Dichter, Träumer und Phantast.

Wie dem auch sei: meinen Gruß Mister Elliadi, dem Vizekonsul aus Smyrna! Und vielen Dank für Ihr Buch, das Sie mir liebenswürdigerweise schenkten. Ich bin einer der Amerikaner, die Griechenland und das griechische Volk nie vergessen werden. Ich habe eine Schwäche für den griechischen Menschen, insbesondere für den armseligen, barfüßigen, der mich am meisten interessiert: ausstaffiert wie eine Vogelscheuche, der von der gnädigen Sonne, der nahrhaften Luft, der in seiner Rasse wurzelnden Lebenskraft zehrt. Mich schaudert bei dem Gedanken, was aus diesem namenlosen Heer von Bettlern würde, sollte sich das Klima einmal verändern. Sie würden allesamt sterben wie die Fliegen. Noch nirgends habe ich solches Elend gesehen, aber auch nirgends solche mannhafte Seelengröße. Ein Franzose wird immer schimpfen, obwohl er zu den Reichsten der Welt gehört. Ein in bitterster Armut lebender Grieche wird niemals klagen. Doch er wird auch keinen Freudentanz aufführen, wenn er für eine Dienstleistung ein angemessenes Trinkgeld erhält. Mag sein, daß Frankreich das Land ist, in dem sich der Gerechtigkeitssinn zur höchsten Blüte entfaltet hat. Barmherzigkeit aber steht höher als Gerechtigkeit, wie uns vor langer Zeit schon Shakespeare lehrte und lange vor Shakespeare schon Christus, Buddha und Lao-tse. Und trotz der fürchterlichen Ungerechtigkeit in Griechenland scheint mir jeder Grieche die Tugenden der Barmherzigkeit, Großmut, Güte und Mildtätigkeit zu besitzen. Amerikanische Mildtätigkeit ist von ganz anderer Art, sie ist unbewußt, die Geste eines Menschen mit vollen Taschen, der sich nicht damit abgibt, Recht und Unrecht abzuwägen, und Heller hinzuzählen. Bei den Franzosen gibt es keine Mildtätigkeit – sie existiert nicht. Mildtätigkeit paßt nicht ins Schema des Logischen. Sie ist *gratuit* – umsonst, überflüssig, wie die pseudo-dostojewskischen Morde in André Gides intellektuellen Liebesgeschichten. Ich kann daher nicht behaupten, lieber Mister Elliadi, daß mir Ihr Buch einen überwältigenden Eindruck gemacht hätte. Kann ich auch an Ihr dichterisches Genie nicht recht glauben, so grüße ich Sie doch voll Dankbarkeit wegen Ihrer freundlichen Geste am Tage meiner Ankunft in Candia. Sie ist unauslöschlich in mein Gedächtnis gegraben; sie kommt ins Museum der Menschheitsgeschichte und bleibt künftigen Generationen schriftlich zugänglich. Und tausend Dank auch noch für den gekochten Reis, mit dem Sie meinen Durchfall kuriert haben. Hoffentlich ist der Tag nicht fern, an dem die Stadt Candia ein Restaurant aufweist, das ihrem archäologischen Ruhm entspricht. Meine besten Grüße auch Ihrem Schneiderfreund, dem Vorsitzenden der Schneiderzunft von Candia. Ich habe Ihnen ja erzählt, daß meine Großeltern Schneider waren, aber nicht, daß auch mein Vater es war und daß ich selbst als Schneider angefangen habe.

Ein paar Stunden in Canea.
Die alte Stadt Canea hochinteressant. Ein regelrechtes Labyrinth. Eine Art heruntergekommenes Venedig. Doch am meisten hat mir gefallen, daß ich auf der Straße zufällig einem Zwerg begegnet bin. Einem Zwerg von Goya. Anscheinend waren *drei* Abnormitäten in Candia öffentlich ausgestellt, doch die habe ich verpaßt. Mir genügte es, der Musik zuzuhören, einer orientalischen Flöte. Es war eine laue Nacht, der Ort gut gewählt. Die alten Vetteln kamen von den Felsklippen herab und wollten sehen, was es gäbe. Viel Staub und Dreck. Der Geruch nach gebratenen Kastanien, das Wiehern der kleinen griechischen Pferde. Weiter vorne lag, wie ich später feststellte, eine Art Bühne, ein großer Wall außerhalb der Stadtmauern. Während ich die irren Lautsprecher blöken hörte, verfiel ich ins Träumen über die unbekannte Welt Asiens. Mir war, als befände ich mich bereits im Land der Hethiter. Der weite Raum, leerer als die Leere selbst, erweckte in mir Sehnsucht nach dem vorgeschichtlichen Asien. Die Tafel mit der minoischen Schrift stand mir vor Augen. Ich sah wieder die babylonischen Tafeln, die man mir im Britischen Museum gezeigt hatte. Ich dachte an eine andere

Art von Schrift, die schönste, die primitivste, die ich jemals sah: die Schrift der Mayas. Und an noch eine andere wunderbare: die ägyptischen Hieroglyphen. Über die habe ich einmal eine gute Stunde nachgegrübelt, als ich im Louvre nach dem Tierkreis von Dendera suchte, der dort in eine Decke eingelassen ist.

Eine lange Unterbrechung, die ich Mr. Machrianos verdanke, einem Ingenieur, der jede Stadt in Griechenland kennt. Er spricht ausgezeichnet englisch. Warum auch nicht? Er hat seine Jugend in Pittsburgh verbracht, am Carnegie-Institut. Er ist Techniker, einer aus dem riesigen Heer von Technikern, die den griechischen Boden wieder fruchtbar machen wollen. Er weiß alles über Wasser, Malaria, Kanalisation, Forstwirtschaft, Dünger, er weiß auch, wo es gute Hotels und gute Restaurants gibt. Auch er erzählt mir von den verdrehten Griechen, die mit Geld aus Amerika zurückkehren, überall in der Wildnis moderne Hotels eröffnen und weiter strikt nach amerikanischen Muster arbeiten, obwohl kein einziger Gast in Sicht ist. Durch die Worte dieses Mannes bekomme ich einen entfernten Begriff davon, was die Regierung anstrebt. Eine wahre Herkules-Aufgabe. Was er mir erzählt, bestärkt mich in meiner Überzeugung hinsichtlich Griechenlands: in zwanzig Jahren wird es nicht mehr wiederzuerkennen sein. Es paßt sich den Zeitläufen mit beinahe japanischem Eifer an. Inselbewohner sind immer anpassungsfähig. Der Gebirgler bleibt konservativ. Wie wird es um Griechenland stehen, wenn der Krieg vorüber ist? Schon rechnen die Politiker mit einem *appauvrissement* der reichen Länder. Griechenland ist arm. Griechenland steht auf der untersten Stufe der Leiter. Wieder muß ich an die Japaner denken. Ich sehe keinen Grund, warum die Griechen es ihnen nicht nachtun sollten. Sollte es je zwanzig, dreißig Millionen Griechen auf der Welt geben, wird Phantastisches geschehen. Ihre Neugier ist schrankenlos, ihre Energie unbegrenzt. Vielleicht kommt es dann zu einem neuen Peloponnesischen Krieg, durch den die Griechen an die Macht kommen und die Vorherrschaft über den Balkan fordern. Nur ein Erdbeben könnte diesen stürmischen Vormarsch aufhalten.

Doch ich vergesse Canea, die venezianische Stadt. Auch hier ein Volk von Seefahrern. Ein mächtiges Volk. Canea ist viel interessanter als Korfu. Was für ein grindiger Irrgarten, welche Türen und Tore! Im neuen Teil der Stadt, dem griechischen Viertel, spürt man die Leichtigkeit des griechischen Wesens. Die Häuser wuchern, wie sie wollen, zwischen Meer und Gebirge. Dazwischen ist Raum. Das Licht kann einströmen. Kinder spielen in der Sonne. Eine dicke Frau steht mitten auf der Straße auf der Leiter, um einen Baum zu beschneiden. Sehr griechisch. Es könnte eine Pionierstadt in Amerika sein, doch die Bauweise ist anders. Es ist die Bauweise von Nomaden, die eben erst seßhaft wurden: keine eigentliche Architektur, nur Asyl, Obdach, vom Körper für die Seele erbautes Schutzdach. Landeinwärts, gegen Phaistos zu, werden die Bauten noch primitiver. Man ist unter Kalmücken, in Sibirien. Alles von der Tradition überlieferte ist vergessen. Die Griechen haben sich in den Fels gegraben wie die Pueblo-Indianer in Neu-Mexiko. Der Instinkt der Troglodyten herrscht. Wir sind im Reich der Wirbelwinde, Tornados, Wolkenbrüche, Sandstürme, Ungeziefer, Geister, Dämonen und was sonst noch. Da gräbt der Mensch sich ein.

»Still! Dies ist meine Vermählung mit Gott.« *Nijinsky*
»Jetzt werde ich euch den Krieg tanzen mit seinen Leiden, seiner Zerstörung, seinem Tod. Der Krieg, den ihr nicht verhindert habt und für den ihr somit mit verantwortlich seid.« *Nijinsky*
»Wir werden nicht wahnsinnig, wir sind es bereits bei der Geburt.« *Professor Bleuler*
»Lassen Sie in ihn seine Träume träumen.« *Die Professoren Freud, Jung, Kraepelin, Bleuler et alia*
»In ganz St. Moritz-Dorf ist kein Patient ungefährlicher als Herr Nijinsky.« *Die Krankenschwester*
»Ich möchte mit jemandem reden, der mich versteht...« *Nijinsky*
»Maintenant il parle avec Dieu. Enfin il y avait quelqu'un qui l'a compris.« *Henry Miller*

Ich lese das Tagebuch Nijinskys, eines Mannes, dessen ganzes Leben ein Kunstwerk war. Jetzt steht er gerade an Deck des Ozeandampfers und ist verzückt vom ersten Anblick Manhattans. Er fängt an, wie ein Känguruh herumzuspringen. Am liebsten möchte er den ganzen Tag im Lift auf- und abfahren. Ihm gefallen die amerikanischen Badezimmer, die Expreßzüge, die hoch oben durch die Städte fahren. Er begreift, daß hier jeder seine Chance hat. Als berühmten Mann reicht man ihn von einer Party zur anderen weiter. Er kauft sich einen Wagen. Er fährt damit rückwäts bergab, um die Bremsen auszuprobieren. Er ist wie berauscht. Ein Jahr später gesteht er: »Amerika ist kein Land, in dem man schöpferisch arbeiten kann. Dazu braucht man Frieden und Stille.« Fünf Jahre später ist er in der Irrenanstalt. Frieden und Stille für immer. Und

nun ruht er aus. Er hat die Erde verlassen. Wie im Ballett »Spectre de la Rose« hat er einen riesigen Satz aus dem Fenster getan – ins All. Dort hängt er nun, im All, ein Opfer der Zeiten. Ob die Griechen das von ihm hinterlassene Tagebuch des Wahnsinns kennen? Was würden sie dazu sagen? Es ist wichtig, von Nijinsky zu wissen. Was Milarepa, der große tibetanische Dichter und Weise tat, hat er versucht. Doch er war nicht stark genug. Er war zu sehr Künstler. Es war nicht genügend Böses in ihm ...
Nijinskys letzte Zwangsvorstellung war der geschlossene Kreis. Sonderbar für einen Menschen, dessen Geisteskrankheit als Schizophrenie bezeichnet wird. Nijinsky kämpfte sein Leben lang darum, ein vollständiges Individuum zu werden. Von Natur war er ein Doppelwesen. Schon die Wandlung vom Homosexuellen zum glücklichen Ehemann war ein großer Sieg. Doch Nijinsky wollte mehr als das. Er wollte die Vereinigung mit Gott. Schließlich identifizierte er sich mit Gott und wurde für geisteskrank erklärt. Er war bis zuletzt freundlich, sanft, duldsam und versöhnlich. Er kämpfte darum, über die Sphäre der Kunst hinauszugelangen; er war möglicherweise der größte Künstler unserer Zeit, »le dieu de danse«, wie man ihn genannt hat. Sein Irrtum bestand nicht in der Suche nach Gott, sondern darin, daß er die Kunst im Stich ließ. Göttlichkeit erreicht man nicht durch Frömmigkeit, sondern durch die Kunst. Kunst ist Gesamtheit, aus ihr gibt es kein Entrinnen. Kunst schließt den Kreis, weil sie alle umfaßt, auch Gott. Nijinsky ließ sich verwirren. Er vergaß seine eigenen treffenden Worte: »Es gibt keine bösen Menschen, nur dumme.« Er glaubte, Religion ginge über Kunst noch hinaus, doch das stimmt nicht. Kunst schließt

Religion mit ein. Kunst ist der Mensch auf seinem Weg zur Weihe. Es gibt kein Jenseits, nur noch ein *es*, ein Namenloses, das ewig ist. Ein Ganzes wird man nicht, indem man den Dualismus überwindet, sondern indem man ihn annimmt. Nur geistig sind wir eins. Im Leben sind wir unzählig viele. Wahnsinn ist ein Teil des Lebens. In ihm manifestiert sich das Ganzsein. Wahnsinn ist einer von vielen Wegen zur Erlösung. Das Tragische ist nur, daß die Geistesgestörten ihre Seligkeit nicht wahrnehmen. Sie *sind* die Seligkeit. In den Dämonen bringt Kirillow sich um, weil er das Geheimnis des Glücks entdeckt hat. Gott vor der Zeit zu entdecken ist eine Form des Wahnsinns. Auch die Griechen begingen Selbstmord, wenn sie bei der Erfüllung angelangt waren. Auch Gott begeht immer wieder Selbstmord, um sich neu zu verwirklichen.

Solche Gedanken kommen mir, als ich Nijinskys Lebensgeschichte ausgelesen habe. Dieses Leben erschüttert mich tief. Es heißt, er lebe zwar in fortwährenden Tagträumen, habe aber sein Gedächtnis nicht verloren. »Er weiß, daß er Nijinsky ist.« Diese Worte finde ich sonderbar bezeichnend, eigentlich erschreckend. Wir leben in einer Zeit, in der unsere Persönlichkeit, ja sogar unsere Identität ständig von Vernichtung bedroht ist. Die außergewöhnliche Häufigkeit der Schizophrenie – zugegebenermaßen die Krankheit, die zumindestens in Amerika zur Zeit die meisten Opfer fordert – spiegelt nur die Ära, in der wir leben. Wir werden keine neue Welt erschaffen, ehe wir nicht neue Menschen erschaffen haben. Der großen Mehrheit ist diese Vorstellung entsetzlich. Sie bedeutet den Tod in seiner stärksten Form, den Tod für die derzeitige Menschengattung ...

Eleusis. Mein Freund Ghika führt mich im Dunklen in den Ruinen herum und zündet Streichhölzer an, wenn er mir die geheimnisvollen, in den Stein gemeißelten Symbole zeigen will. Daß es in Griechenland um sechs Uhr abends schon dunkel sein kann, ist trotz aller Gegenbeweise ein schwer begreifliches Phänomen. »In Griechenland ist es niemals Nacht«, hat ein Franzose behauptet, »nur manchmal kein Tag.« In abstraktem Sinne mag das für Griechenland zutreffen, doch an Orten wie Mykenä oder Eleusis stimmt es nicht. Im Gegenteil: In Eleusis herrscht tiefere Finsternis als die Nacht sie bringt. Eleusis ist wie in ein Leichentuch gehüllt, so als trüge die Mutter Trauer, deren Schoß uns noch birgt. Mir scheint der ganze Ort um seiner Finsternis willen ausgewählt. Wir fuhren in einem raschen, lautlosen Packard darauf zu. Nie war ein Himmel von mehr Farben erfüllt. Das Licht erlosch in einem Flammenmeer lodernder Fahnen. Und dann plötzlich Schwärze – völlige Aufhebung des Lichts. Ein Tod, dem die Auferstehung folgen wird. Nach den ausgefallenen Grünschattierungen des Sonnenuntergangs – der ganze Himmel ein versinkender Moostümpel – ist mit einem Schlag nur mehr ein einziger Farbton wahrnehmbar, das Rostbraun der ausgetretenen Stufen, ein alterssilbriges Braun wie das einer Mönchkutte, von geheimnisvoller, die Netzhaut irritierender Patina. Die Ruinen gehen unter, sie versinken – nicht in der Nacht, sondern in der Zeit, im glitschigen Brunnenschacht der Vergangenheit, aus dem das Licht sie täglich aufs neue vergeblich zu befreien sucht. Selbst der Archäologe, dieses nimmermüde Lasttier, dieser Maulwurf, Wurm, Esel, Pedant, Sklave – selbst dieses Monstrum scheint sich hier geschlagen zu geben. Das

Geheimnis will sich dem Spaten, der chemischen Retorte nicht ausliefern. Der Mensch wird andere Methoden, andere Organe der Wahrnehmung und Erkenntnis entwickeln müssen. Eleusis in seiner Finsternis ist groß. Von sanfter Größe, von warmer und Hoffnung erweckender Vertrautheit, von menschlich-allzumenschlicher Gegenwärtigkeit. Es ist das genaue Gegenteil eines hinduistischen oder tibetanischen Mysteriums. Hier hat der Mensch das griechische Verhältnis zum Mysterium geschaffen, indem er sich auf sein natürliches menschliches Maß verkleinerte. Hier empfindet man, daß der Tempel des Geistes eine von Menschenhand geschaffene Behausung ist.

Das war auch mein Eindruck, als ich vorigen Juli zum erstenmal vor Athen stand. Was mir als erstes auffiel, waren die kleinen byzantinischen Kirchen. Eine ganz besonders, die zur Hälfte im Boden versunken ist: genau die richtige Größe für den Betenden. Die neuen öffentlichen Gebäude an der Universitätsstraße gefielen mir aus dem gleichen Grunde. Ebenso die Akropolis – die Tempelchen sind bezaubernd. Das Parthenon dagegen läßt mich kalt. Es mag dumm klingen, aber das Theseion ist mir lieber. Mir gefällt seine Gedrungenheit. Ich fühle mich heimisch darin. Das Parthenon hat etwas Abweisendes, vielleicht mehr durch seine Vollkommenheit als durch seine Größe. Am liebsten mag ich es aus großer Entfernung – zum Beispiel vom Eden aus, wo man es hinter der Wegbiegung zum erstenmal erblickt. Aus dieser Entfernung ist es ein Juwel. Natürlich ist das Gebäude, das mich am meisten entzückt, das Grab Agamemnons. Es hat etwas, das dem Parthenon fehlt: das Geheimnisvolle. Kein Gebäude von Menschenhand läßt mich ergriffener und ehrfürchtiger erschauern als dieses Grabmal. Als ich das rätselhafte Portal durchschritt, fühlte ich die Anwesenheit magischer Geister. Andere Helden der Antike mögen tot sein. Agamemnon aber lebt – wenigstens für mich. Wenn man voller Ehrfurcht still steht, hört man seine Stimme. Er war nicht der Halbgott, als den die Bücher ihn schildern, er war ein Gott und lebt noch im Tode weiter, ein machtvollerer Geist als alle Eroberer der Erde zusammengenommen. Man hätte seinen Leichnam nie entfernen dürfen. Doch es war ohnehin nur das Körperliche, was da entfernt worden ist. Wenn man an einer bestimmten Stelle im Grabmal leise seinen Namen ausspricht, antwortet er. (Katsimbalis kann das bezeugen.) Der unvergängliche Leib Agamemnons ist noch da, befindet sich noch immer in dieser Krypta, die bis zum heutigen Tag nach Tod riecht. Noch immer ist sie durchtränkt vom Duft seines Leichnams. Nichts kann ihn tilgen. Was ich immer wieder auszudrükken versuche: Zwischen dem Perikleischen und dem Goldenen Zeitalter klafft eine unbestimmbare Lücke. Irgendwann im Lauf dieser rund zwölfhundert Jahre ist die körperliche Magie zerschlagen worden. Die Afrikaner stehen dem Zeitalter Agamemnons geistig näher als Angehörige der zivilisierten Welt. Beim Afrikaner ist die Seele gegenständlich und hat noch keine Ruhestätte, keinen Wohnsitz im menschlichen Tempel gefunden. Ich glaube, Agamemnon umschloß die eigene Seele. Und diese Geste des Umschließens war das elementare Bindeglied zwischen Mensch und Kosmos. Er stellte den Menschen eindeutig in den Mittelpunkt, wies ihm seine Stellung im Kosmos an, gab ihm kosmische Proportionen. Seitdem hat der Mittelpunkt sich verlagert. Wir rotieren jetzt um eine schräg verschobene Achse. Nichts macht den Gegensatz zwischen dem Einst und Jetzt deutlicher als der heutige Krieg. Es ist der Unterschied zwischen greifbarer und abstrakter Kriegsführung. Einst lag im Schock des tödlichen Ringens Brust an Brust eine Vermählung mit dem Tode, die etwas Befruchtendes hatte. Heute sind Todesfälle nur noch statistisches Material. Beweis dafür: überall Grabmäler des Unbekannten Soldaten. Unsere Helden sind anonym. Keines Helden können wir ehrend gedenken, keinem abgeschiedenen Geist unseren Gruß entbieten. Gesenkten Hauptes stehen wir vor den in alle Winde verstreuten Überresten eines Toten, vor dem Leichnam eines Mannes ohne Identität. »Die wir immer mehr unsere Identität verlieren, o Namenloser, wir grüßen dich!« Wir kämpfen bereits in der Luft, wie große Aasvögel. Wir vernichten ganze Völker durch Knopfdruck. Der Feind ist überall, ob beseelt oder unbeseelt. Alles flößt Furcht ein, ruft Schrecken und Panik hervor. Wir bekämpfen unsere eigenen Schatten, ein Guerillakrieg mit Gespenstern. Das ist die Zivilisation. Das ist das stählerne Zeitalter, äußerlich so konkret, innerlich so völlig abstrakt. Die bedeutendsten Gebäude zerspringen wie Seifenblasen. Ein Atemzug kann eine Festung umblasen. Die Hand eines Kindes vermag die Errungenschaften von Jahrhunderten auszulöschen. Idiotie! Pure Idiotie!

»Kosmos«. Katsimbalis fragt, was ich unter Kosmos verstehe. Ich meine selbstverständlich die Welt, wie jeder Grieche, der dieses Wort ausspricht. Mit einem Unterschied: wenn ursprünglich ein Grieche Kosmos sagte, so meinte er *»die* Welt«, nicht *eine* Welt oder Welt. Heute bedeutet »Welt« so ziemlich alles. Es gibt gar keine Welt mehr. Es gibt nur mehr Welten, immer im Plural. *Die* Welt, »Kosmos«, ist dahin. Um wieder eine Welt zu erschaffen, einen Kosmos, brauchen wir neue Menschen mit neuen Augen. Der Mensch muß wieder eine Seele bekommen. Diese unsere heutige Welt gehört nicht dem Menschen, ja nicht einmal dem Tier, nur noch der Maschine. Darum: Nieder mit der Welt. Es lebe der Kosmos!

Betty Ryan heißt die junge Amerikanerin, die mich mit ihren farbigen, hinreißenden Schilderungen Griechenlands zu dieser Reise verführt hat. Stunden, ganze Tage lang habe ich ihr zugehört. Das Wunder besteht darin, das alles wahr ist, was sie erzählt hat. Überall in Griechenland kreuze ich ihre unsichtbaren Fußspuren. Die Werke der Schriftsteller, die Griechenland beschrieben haben, kenne ich. Verglichen mit den Worten dieser unbekannten, jungen Frau wirken ihre Worte blaß. Ich fühle mich verpflichtet, Betty Ryan hier und jetzt nochmals meine Reverenz zu erweisen für die klare, präzise Art, mit der sie die Dinge gesehen hat. Es war mir eine Auszeichnung, ihrer wohlklingenden, verzückten Stimme zu lauschen. Gott segne sie.

Ich liege inmitten der Ruinen von Athen im Bett. In meinem fiebrigen Zustand kommt mir plötzlich überdeutlich zu Bewußtsein, wie ich dieses Athen vorher im Geist gesehen habe, das Bild, das bei Betty Ryans Schilderungen in mir entstand. Und plötzlich befinde ich mich nicht mehr in dem mir bekannten Athen, sondern in dem Athen, das ich mir in der Villa Seurat in Paris erschuf. Dieses mein Athen um vier Uhr nachmittags, aber ohne Straßenbahnen, ohne Lastwagen, ohne schrillen Lärm. Moderne Gebäude gibt es auch, doch nur im Hintergrund. Dieses mein Athen habe ich sonderbarerweise auf meinen Fahrten nach und von Korfu mehrfach angetroffen. In Zante sah ich es abstrakt. Zante ist eine Traumstadt. Jeder griechische Hafen hat dies eindringliche Traumweiß. Noch der kleinste schenkt die Illusion, daß hier eine neue Welt im Entstehen ist, sich aus diesem Zellkern netzartig ausbreiten wird. Zante aber verfolgt mich. Vielleicht wegen seines verlassenen Kais mit der einzelnen Palme. Vielleicht weil ich es zuerst von einem Bullauge umrahmt sah, in einem Augenblick, in dem ich es beschrieb, ohne zu wissen, daß es Zante war. Vielleicht, weil ich es in einem Traum wahrnahm, der später mit der Wirklichkeit verschmolz. Ich wollte die Grenzen einer neuen Welt erreichen, einer winzigkleinen Welt, die alle Wünsche erfüllt. Zante scheint mir eine solche Welt. Für mich ist Zante die Schwelle Griechenlands. Hier würde ich als erste Königin einer neuen Dynastie die zauberhafte Niki Rhally inthronisieren. Jede griechische Insel sollte von einer Königin regiert werden. Im Grunde gehören die Inseln den griechischen Frauen. Je mehr ich von Griechenland kennenlerne, desto mehr verstärkt sich das unbestimmte Gefühl, daß hier von alters her die Frauen die Oberhand hatten, eine unsichtbare Macht waren. Manchmal scheint der Mann ein bloßes Anhängsel. Durchstreift man die Gegend, so beherrschen weibliche Gestalten das Landschaftsbild. Die Frau ist Ernährerin und Bewahrerin. Schon immer hatte sie die doppelte Last zu tragen.

Ich bin sehr für die griechischen Frauen! Ich stimme für ihre totale Emanzipation! Die Mitgift muß abgeschafft werden. Der Handel mit der Jungfernschaft muß aufhören! Es ist eine Schande für Griechenland. Jede Griechin ist ihr Gewicht in Gold wert. Zu verlangen, daß sie außer ihren Eigenschaften als Packesel, Zugpferd, Wasserträger, Grabenausheber, Tagelöhner, Amme, Kindsgebärerin, Trösterin, Konkubine, Köchin und allgemeiner Handlanger auch noch eine Mitgift erbringen soll, ist etwas zuviel verlangt. Die Griechin muß Königin im Bienenstock werden. Die spinnenbeinigen Drohnen der Pseudo-Aristokratie, die schon im September im Pelz herumsitzen und Süßigkeiten naschen, sollten entthront werden. Die Griechin, die ich verehre und der ich huldigen würde, ist die mit dem Ballen auf dem Kopf und dem schmerzenden Schoß, die barfuß durch den Schmutz geht. Diese Frau würde ich lehren, aufrecht zu gehen und sich fünf Zehen statt sechs wachsen zu lassen. Ich bin durch Dörfer gekommen, in denen fast die gesamte männliche Bevölkerung vor den Häusern saß und in der Sonne döste. Das ist kein Beweis für männliche Überlegenheit und Vorherrschaft, sondern ein Zeichen von Degeneration. Und diese Trottel verlangen, daß ihre Frauen unberührt, d. h. technisch unberührt, also jungfräulich die Ehe mit ihnen eingehen? Der Teufel soll sie holen! Mögen sie alle an der Syphilis krepieren! Auf keiner meiner Reisen habe ich schönere Frauen gesehen als in Griechenland, und nirgends werden sie so miserabel behandelt. Und wenn es verrückt klingt: ich habe das Gefühl, als sei deswegen die griechische Katze ein solches Jammergeschöpf. Die Katze scheint den stummen Hunger, das Elend, die Unterdrücktheit und Schwermut der griechischen Frau zu verkörpern. Eigentlich ist sie gar keine richtige Katze, sondern eine

Art diebischer Straßenreinigung. Am ärgsten sind die auf Korfu, mit einem widerwärtigen Maul, einer Art Rüssel, wie er Aasfressern eigen ist. Auch mit dem griechischen Hund ist kein Staat zu machen. Entweder ist er zu unterwürfig, kriecherisch und räudig, oder aber bösartig und verfressen. Ein schlechtes Zeichen! In beiden Fällen ist natürlich der Mensch schuld.
Die einzige Kreatur, die ich in Griechenland nicht erwartete und die dort offenbar besonderes Wohlwollen genießt, ist der Truthahn. Überall hopst er herum und wird wie ein Schoßtier behandelt. Wie ein Schoßtier, das eines Tages verspeist wird. Auch das ist wieder einmal typisch griechisch. In Griechenland steht nämlich das Drama des Auffressens ganz obenan. Das Inzestthema ist nur eine höfliche Umschreibung des Verlangens, den Liebsten und Nächsten zu verschlingen. Unter den Griechen herrscht eine Art Undankbarkeit, die man als Ausländer rasch herausspürt. Man könnte sie als die böse Blume der Anarchie bezeichnen. Im Grunde ist der Grieche einsam. Im Grunde frißt er die eigenen Kinder. Es liegt ihm im Blut. Manchmal meine ich, der Grieche ist älter als alle uns bekannten Rassen der Erde. Hie und da erinnert er mich seltsam an die Ureinwohner Australiens. Zum Beispiel in der Art, wie er lacht, wenn man ihn beim Mogeln erwischt. Alles tut er unbewegten Gesichts. Etwas hat sich bei ihm so gut wie gar nicht entwickelt – das Gesellige. Darum sind vielleicht die Cafés so jammervoll steril und finster. Darum schwärmt er für amerikanischen Firlefanz, ohne dessen *raison d'être* zu begreifen. Mechanischem Spielzeug gegenüber verhält er sich wie ein Chinese. Mit jedem Apparat, jeder neuen Erfindung lernt er sofort

umgehen, doch ihren Sinn kapiert er nicht. Könnte man dieses Land über Nacht amerikanisieren, es wäre binnen weniger Jahre ein einziger Schrotthaufen. Der minoische Mensch war kein Grieche. Er war ein Eindringling, ein Eroberer, der die Ureinwohner entweder vertrieb oder versklavte, ein Überlebender einer unbekannten, noch älteren Rasse. Seine Evolution begann nicht erst auf Kreta. Er war bereits geformt und entwickelt und begann zu degenerieren, als er dort landete. Das ist mein Standpunkt. Ich bin kein Wissenschaftler und kann mich irren. Doch ich bleibe dabei. Die Abstammung des Griechen ist für mich nach wie vor ein Geheimnis. Die völkerkundlichen Theorien der Fachleute kümmern mich nicht. Ich glaube, die Griechen sind ein altes Volk, kulturell aber noch sehr jung. Bei ihnen überwiegt das Primitive bei weitem das Kultivierte. Um das zu erkennen, braucht man nur die präklassizistischen Picassos im Ethnologischen Museum in Athen anzusehen. Die namen- und herkunftslosen Statuen von den Inseln sprechen eine beredtere Sprache als die Ruinen der Akropolis. Die größten Schätze Griechenlands liegen noch unter der Erde, dessen bin ich sicher. In künftiger Zeit, wenn der Mensch einmal die auf dem Meeresgrund liegenden Wunderdinge ans Licht hebt, werden wir vielleicht mehr über die wahren Ursprünge Griechenlands erfahren ...

Das klingt alles sehr unorthodox und vielleicht sehr amerikanisch. Doch es ist zugleich der Beweis, wie sehr ich den eigentlichen griechischen Geist bewundere. Ich kann die Daten und Erklärungen der Gelehrten nicht akzeptieren. Ich schaffe mir meine eigene Geschichte Griechenlands, zu den unbegreiflichen Wundern passend, die mir begegnet sind. Wenn ich nach Delphi kommen sollte, werde ich das Orakel auf meine Art befragen. Ich werde mein Ohr auf den Boden drücken wie ein echter Indianer und horchen. Dort werde ich für ein Griechenland beten, das erst noch kommt, das ich aber schon überall sprießen sehe und das eine herrliche Ernte verheißt. Ich werde auf das Licht eine Hymne dichten, auf das Licht Attikas. Speziell für die Frauen Smyrnas und deren Nachkommen bis zur 42. Generation werde ich Gnade und Vergebung erflehen. Ich werde darum beten, daß Agamemnon wieder zu Macht und Ehren kommt, und daß ein neues Geschlecht von Königinnen auf Phaistos regiert. Ich werde darum beten, daß das Gebirge kahl und die Kost karg bleibt. Nicht Reichtümer sollen auf dich niederregnen, o Griechenland, sondern der Geist deiner heiligen Stätten soll lebendig bleiben. Griechenland gehört nicht den Gesetzgebern, sondern den Göttern. Deshalb sage ich: Laß die Götter wieder auf Erden wandeln!

POSTSKRIPTUM

Mein lieber Seferiades, wie soll ich Ihnen je begreiflich machen, daß ich Ihnen zutiefst dankbar bin für die üppige Gastfreundschaft, mit der Sie mich überhäuft haben! Werde ich Ihnen eines Tages Amerika zeigen können? Die Golden Gate, den Grand Canyon, den versteinerten Wald in Arizona, die Schlachthäuser von Chikago, die Wolkenkratzer, die berühmten Ziegfeld-Girls, die Parks, in denen ich schlafe, die Pissoirs, die Fährboote etc. etc.? Ich möchte es fast nicht hoffen. Lieber würde ich wieder hierherkommen, und zwar bald, und mit Ihnen und Katsimbalis und Ghika und Antonio und Tsatsos all das besichtigen, wozu wir diesmal keine Zeit hatten. Ich möchte gern eine unbekannte Insel in der Ägäis entdecken und Sie darauf zum Kaiser machen, zu einem byzantinischen Kaiser. Ich möchte gern zuschauen, wie Sie dort auf sanfte Smyrna-Art blühen und gedeihen, und zwischen Ihren steinzeitlichen Gedichten nach mykenischen Rhythmen tanzen. Ich würde ihnen gern im Alter wieder begegnen, einem von eigenen Weinen gesättigten Dichter, der das duftende Harz eigener Dichtung ausschwitzt.

Bis zur Auferstehung der Ihrige! Henry Miller

Die Wasser, abermals funkelnd

DAS AQUARELLTHEMA IN EINIGEN SEINER GELÖSTEREN PHASEN

Von Henry für Emil in Augenblicken der Begeisterung oder der Perplexität, dankbar, daß er mich auf den Rechten Weg brachte

Begonnen im Bett am 22. Februar, dem Geburtstag George Washingtons

(The Battle of the Wilderness)

VORWORT

Dieses kleine, ursprünglich mit der Hand in einen Drukkerblindband geschriebene Buch war ausschließlich meinem Freund Emil Schnellock zugedacht. In den letzten paar Jahren meines Pariser Aufenthalts machte es mir Spaß, auf diese Weise mehrere kleine Bücher für meine vertrauten Freunde zu schreiben. Das letzte, entstanden für den Dichter Giorgos Seferis aus Griechenland, schrieb ich auf der Insel Hydra. Weil sie mit der Feder, nicht auf der Schreibmaschine geschrieben wurden, haben sie sämtlich den Charakter des Unmittelbaren, Intimen. Sie entstanden in meiner Freizeit, gewöhnlich im Verlauf weniger Wochen.

Dieses hier ist mir besonders lieb, weil es von der »Wasserfarbenmanie« handelt. Nach einem ungefähr zwanzigjährigen Kampf mit dem Medium ermöglicht man mir jetzt eine Ausstellung in Paris. Es ist ein seltsamer und für mich höchst befriedigender Zufall, daß diese Ausstellung, die ich für wichtig halte, gerade in Paris stattfinden soll, wo es mir nach zwanzigjährigem Kampf mit einem anderen Medium schließlich gelang, mein erstes Buch *(Der Wendekreis des Krebses)* veröffentlicht zu bekommen. Sicherlich, ich hatte eine Anzahl Ausstellungen in Amerika gehabt. Keine davon bedeutete mir freilich viel, ausgenommen die eine in Hollywood, die Clara Grossmann gefördert hatte. (Und sie bedeuteten, wie ich argwöhne, auch dem Publikum nicht viel.)

Ich muß augenblicklich hinzufügen, daß ich von amerikanischen Malern viel, viel Ermutigung erfuhr. Besonders zwei Männer muß ich in diesem Zusammenhang erwähnen: Abraham Rattner und Bezalel Schatz. Ein, zwei Monate genoß ich, während ich in New York lebte, das Vorrecht, zusammen mit Rattner in seinem Atelier zu arbeiten. Es war eine unvergeßliche Erfahrung. Einigermaßen ausführlich kam ich darauf in *Remember to Remember* zu sprechen, wo ich ein umfassendes Porträt dieses großen amerikanischen Künstlers zu zeichnen versuchte. Über »Lilik« Schatz und das, was er für mich getan hat, will ich nur eben dies sagen: er ist der geistige Sohn und Erbe Max Jacobs.

Doch um auf dieses kleine Dokument zurückzukommen... Mein hauptsächlicher Grund, warum ich erst jetzt seine Veröffentlichung gestatte, ist der, meinem alten Freund und Tröster Emil Schnellock eine Dankesschuld abzutragen. Er war es, der mich anregte. (Ich brauchte viel Ermunterung, weil man mich in der Schule, das heißt im Kunstunterricht, immer als hoffnungslos aufgegeben hatte.) Während meiner zehn Pariser Jahre unterhielten wir eine regelmäßige und umfangreiche Korrespondenz. Bei meiner Rückkehr nach Amerika 1940 besuchte ich meinen Freund Emil in Virginia. Eines Tages brachte er einen großen Koffer an, vollgestopft mit den Briefen, Manuskripten, Notizen, Fotos, Plänen, Projekten und Dokumenten, die ich ihm im Lauf der Jahre gesandt hatte. Es war eine phantastische Sammlung, und sie war ein beredteres Zeugnis unserer Freundschaft als alles, was ich hier sagen kann.

Kürzlich bekam ich einen Brief von Joan Miró und am Tag darauf einen von Marc Chagall. Ich las sie meiner Frau laut vor. Als ich aufsah, hatte sie Tränen in den Augen. »Wie einfach und herrlich sie schreiben!« bemerkte sie. »Und sie sind so große Leute!« Ja, das ist die Verhaltensweise des Europäers, des Genialen. Er kommt gleich auf den Kern der Sache. Eine Postkarte von einem dieser Knaben sagt mehr und bedeutet mehr als ein langer Essay von einem unserer gelehrten Häuser.

Ein paar Tage später fällt mir ein kleines Buch in die Hand, das mir André Breton gesandt hat *(La Lampe dans l'Horloge)*, und ich entdecke, daß er aus einem Brief zitiert, den ich ihm vor ungefähr einem Jahr geschrieben habe. Es war kein außergewöhnlicher Brief, und sicherlich kein literarischer. Aber Breton hielt genügend von ihm, um ihn als beachtenswert anzusehen. Dies widerfährt mir bei amerikanischen Autoren fast nie. In der Tat, ich höre kaum jemals etwas von einem prominenten amerikanischen Schriftsteller.

Warum spreche ich darüber? Um einen weiteren auffallenden Aspekt der Situation aufzuzeigen, in der sich amerikanische Künstler befinden. Kein Gedankenaustausch. Keine wirkliche Interkommunikation. Kein Interesse an lebenswichtigen, subtilen Dingen, die für einen Schriftsteller, Maler oder Musiker alles bedeuten. Wir leben in einer durch verzwickteste und kunstreichste Kommunikationsmittel überbrückten Leere. Jeder bewohnt einen Planeten für sich. Doch die Botschaften kommen niemals an! Auf der gleichen Linie ... Mein Freund Schatz aus Palästina gibt mir neulich ein kleines Buch. »Lies es«, sagt er, »ich kann mir denken, es wird dir etwas geben.« Sowie er weg ist, werfe ich einen Blick darauf. Es ist von Antonin Artaud, dem vor kurzem gestorbenen französischen Dichter. Das Buch wurde 1947 geschrieben, nach Artauds Entlassung aus der Heilanstalt, in der er neun Jahre zugebracht hatte.

Ich war so müde, daß ich keinen Wunsch verspürte, mit einem noch so kleinen Buch zu beginnen, ehe ich zu Bett ging. Aber ich blätterte zufällig ein paar Seiten um und war gefesselt. Das Buch unter die flackernde Lampe haltend, las ich wie ein Wahnsinniger. Ich konnte meinen Augen kaum trauen. Sozusagen mit seinem letzten Atem schreibt Artaud über jenen anderen Wahnsinnigen, van Gogh. Unglaubliche Sprache. Die Sprache, die nur ein Genie aufbieten kann, um einem anderen Genie zu huldigen. Nicht einfach exaltiert, sondern wahnsinnig. (Wahnsinnig wie de Nerval, wie Swift, wie Nijinsky.) Richtigstellender Wahnsinn. Getränkt mit dem Vitriol des Hohns, des Hasses, der Verachtung, der Geringschätzung für den »Gesunden«, für die bürgerlichen Geister, die Ästheten, die Kunstförderer und die Kunstgönner. Gleiches für das ganze Gezücht psychiatrischer Quacksalber, denen Menschen wie van Gogh und Artaud unausweichlich in die Hände fallen.

Ich könnte bis ins Unendliche so weitermachen. Auf diese Weise kamen wir ins Hunderste und Tausendste, wenn wir uns trafen, mein Freund Emil und ich. Ich denke an die Zeit zwischen dem Ersten und dem Zweiten Weltkrieg. Damals konnte ich leider nicht Französisch! Ich las nur diejenigen Autoren, nur diejenigen Bücher, die unsere Verleger behutsam ausgesucht hatten, damit wir sie in Übersetzung läsen. Als wir uns 1940 wieder trafen, war ich wie ein Mensch, der durch das Fegefeuer hindurchgegangen ist. Zehn Jahre lang hatte ich mich auf verblüffende Erfahrungen eingelassen – physische, moralische, geistige. Vieles davon hatte ich Emil in meinen Briefen anvertraut. Einiges hielt ich absichtlich bis zum Tag unserer Wiederbegegnung zurück. »Mein Freund«, sagte ich mir gern, »warte nur, bis ich wieder dort bin. Die Dinge, die ich dir mitzuteilen habe, werden dich verrückt machen.« Heute, fast zehn Jahre später, erzähle ich ihm noch immer von jenen wundervollen Zeiten, als ich in Paris lebte.

Albert Cossery wohnt im 18. Arondissement. Er hat eben sein drittes Buch veröffentlich: *Les Faineants dans la vallée fertile.* James Laughlin von den New Directions sagt, er werde es wahrscheinlich in Übersetzung herausbringen. Ich hoffe es. Nur eine Handvoll Amerikaner scheint das erste Buch gelesen zu haben: *Men God Forgot.* In seinem zweiten Buch *(The House of Certain Death),* das die New Directions in Kürze herausbringen werden, hat sich Cossery einen Riß in der Wand zum Thema genommen. Es ist ein symbolischer Riß, *bien entendu,* diejenige Art von Riß, die das Weltenei in zwei mythologische Zeiten aufspaltet. Cossery ist verzweifelt arm und daher nicht so recht fröhlich, aber er wird Tag für Tag reicher. Ein viertes Buch keimt jetzt heran, doch er wird nicht damit beginnen, ehe man ihm nicht eine Million Franc Vorschuß zusichert. Er ist Ägypter, wie ich hinzufügen sollte. Vielleicht der ungewöhnlichste, den die Welt seit Jahrhunderten erlebt hat.

Ehe ich allzu sehr vom Weg abkomme, muß ich ein Wort über Utrillo sagen. Gewisse Leute werden zweifellos meine beifälligen Worte über die Bemerkung des Schweinehändlers falsch interpretieren. Ich möchte nicht, daß man meint, *ich* hielte das Werk Utrillos für »schmutzig«. Nein, mein Herr! Utrillo gehört zu den Gestalten in der zeitgenössischen Malerei, die fast christusähnlich sind. Und eben deshalb erwähnte ich Francis Carcos leuchtendes Utrillo-Porträt. Meines Wissens wurde dieses Buch Carcos nie ins Englische übersetzt. Warum? Gibt es nicht Tausende in Amerika, die das Werk Utrillos bewundern? Übrigens ist Carco selber ein Mensch, dem man Beachtung schenken sollte.

Ich bin eben von meinem üblichen Morgenspaziergang im Wald zurückgekehrt. Jedesmal, wenn ich diesen Wald betrete, kommen mir drei Namen auf die Lippen: Hamsun, Debussy und Derain. (Seltsamerweise denke ich niemals an Thoreau.) An Knut Hamsun denke ich wegen *Pan, Viktoria, Gedämpftes Saitenspiel.* An Debussy wegen *Pelléas et Mélisande.* An Derain wegen gewisser Landschaften, bei denen die Erde ganz golden ist. Der Eingang zu dem Wald ist wie eine Szenerie, an der diese drei Europäer zusammengearbeitet haben. Goldene Musik, geheimnisvolles Murmeln (»gleich einem millionenfachen Nichts«, wie Hamsun sagt), sehnsüchtige Träumereien. Alles zusammen in der Vertiefung einer kleinen Waldschlucht, übersät mit den vermodernden Stämmen toten Rotholzes.

Wenn ich etwas tiefer eindringe, wenn ich unversehens der Böschung des kleinen Wasserlaufs folge, beginne ich unausweichlich, mich mit Jean Giono zu unterhalten. Immer wieder einmal erhalte ich einen Brief von diesem *Jean le bleu,* auf den gewöhnlich ein weiteres neues Buch von ihm folgt. Jedes Buch, das Giono schreibt, ist ein Päan und eine Anrufung. Deshalb vielleicht verkaufen sie sich in Amerika nicht. Das eigentliche Thema bleibt sich gleich: *Que Ma Joie Demeure!*
Ich öffne das Fenster meines kleinen Studios, um Wasser zu lassen. Der Mohn steht in voller Blüte. Was mich an van Gogh und das kleine Buch Antonin Artauds erinnert: *Van Gogh, le suicidé de la société.* (K. Editeur, 2 Rue des Beaux-Arts, Paris.)

Ich zitiere aufs Geratewohl ein paar Stellen ...
»Qui ne sent pas la bombe cuite et le vertige comprimé n'est pas digne d'être vivant. C'est le dictame que le pauvre Van Gogh en coupe de flamme se fit un devoir de manifester.«
»En face d'une humanite de singes lâches et de chiens mouillés, la peinture de Van Gogh aura été celle d'un temps ou il n'eut pas d'âme, pas d'esprit, pas de conscience, pas de pensée, rien que des éléments premiers tour à tour enchainés et déchainés.«
»C'est ainsi que Van Gogh est mort suicidé, parce que

c'est le concert de la conscience entiére qui n'a pu plus le supporter.«

»Et il avait raison Van Gogh, on peut vivre pour l'infinie, ne se satisfaire que d'infinie, il y a assez d'infinie sur la terre et dans les sphères pour rassasier mille grands génies, et si Van Gogh n'a pas pu combler son désir d'en irradier sa vie entière, c'est que la société le lui a interdit. Carrément et consciemment interdit. Il y a eu un jour les éxécuteurs de Van Gogh, comme il y a eu ceux de Gérard de Nerval, de Baudelaire, d'Edgar Poe, et de Lautréamont. Ceux qui un jour lui ont dit: Et maintenant, assez, Van Gogh, a la tombe, nous en avons assez de ton génie, quant a l'infinie, c'est pour nous l'infinie.«

Als nächstes werden wir von der Farbgebung eines Toten sprechen, das heißt seines Gesichts, seines Körpers oder eines sonstigen, vielleicht auf einer Tafel oder einer Wand sichtbaren nackten Körperteils . . . Man darf keine rosigen Farbtöne verwenden, weil Tote keine Farbe haben . . . Wie ich euch gezeigt habe, wie man mehrere Arten von Fleisch auf Wände malt, so malt in gleicher Weise auf Tafeln, und so malt auch die Gebeine von Christen oder vernünftigen Kreaturen mit der gleichen Fleischfarbe.

Und hier endet das unpassende Vorwort zu dem kleinen Buch über die gelösteren Phasen der Aquarellmalerei, das ausdrücklich für meinen alten und standhaften Freund Emil geschrieben wurde, in Verehrung Gottes und der Jungfrau Maria, des heiligen Franziskus und Johannes' des Täufers und allgemein sämtlicher Heiliger, großer, kleiner oder mittelmäßiger, und in Verehrung Cimabues, Uccellos, Piero della Francescas, Hieronymus Boschs,

Breughels des Älteren, van Goghs, Utrillos, Picabias, Rouaults und Rattners, zum Vergnügen, zur Erbauung und zur Befreiung aller, die in dem Medium plantschen.

31. März 1949

Henry »Cennini« Miller
Big Sur, Kalifornien

Laßt uns jetzt Gold polieren, denn es ist an der Zeit, daß wir es tun.

*

In diesem Zimmer, in dem ich liege, bin ich von Gemälden umgeben: Nancys wilde jonische Pferde, Reichels ethnologische Wigwamstudie – in ihrem Genre ein Meisterstück –, seine rosenkreuzerische Abstraktion auf Glas, der »mißlungene« Wandbehang, den ich aus dem Papierkorb rettete, das Mädchen mit dem roten Hut: der Umschlagentwurf für das Kinderbuch, das ich dir gab – und mehrere meiner eigenen neueren Versuche. Einer davon, bei dem ich etwas Zinkweiß verwendete, ist ein verblüffender Fortschritt gegenüber meinen anderen »Selbstbildnissen.« Ich sage Selbstbildnisse, weil es, wie Anaïs eines Tages treffend bemerkte, immer das gleiche Gesicht ist, sei es ein chinesischer Weiser, ein afrikanischer Neger, ein Kriegsopfer oder ein Verrückter. Dieses eine hat im Gesicht wirkliche Fleischfarbe, worauf ich ziemlich stolz bin. Die geringfügigste Technik zu erlernen, ist für mich stets ein langer, aber lustvoller Prozeß. Meine Aquarelle sind immer Abenteuerfahrten und verschaffen mir, ob sie »geglückt« oder mißglückt sind, wirkliche Befriedigung. In ihrer Gegenwart kann ich mich eben so dankbar bewegen, als seien sie Picassos oder Rembrandts. Ich bin nie völlig von ihnen enttäuscht, wie schlecht der Versuch auch ausgefallen sein mag.

Doch all das sind Präliminarien zu dem Gedanken, den ich im Sinn hatte, als ich begann. Dies war eine plötzliche Erinnerung an die Nacht, in der ich mit Joe O'Reagan vor einem Warenhausschaufenster stand – in der Livington Street in Brooklyn, glaube ich – und mit allen Sinnen die dort hängenden Turners in mich aufnahm. Natürlich hatte ich schon vorher angefangen, wenn ich mich recht entsinne. Ich hatte mit einem Kinderfarbkasten und einem sehr schlechten Pinsel und einem Stück Einwickelpapier aus dem Fleischerladen angefangen. Als *Nummer Eins* machte ich eine Kopie nach George Grosz' Selbstbildnis. Daran erinnere ich mich lebhaft wegen des Entzückens über die Entdeckung, daß ich wirklich etwas machen konnte, das entfernt dem Original glich. (Später erlebte ich eine eben solche Erregung, als ich – in Schwarz-Weiß – Ähnlichkeit mit meiner Mutter und meiner Schwester nach dem Leben zustandebrachte. Sie hielten mich damals für etwas übergeschnappt, daß ich eine solche Sache so ernst nahm, zumal ich ohne Arbeit war und keinen Pfennig hatte.)

Alles geht jedoch auf dein Atelier an der 50. Straße zurück, wo ich den ursprünglichen Anstoß erhielt, während ich dich bei der Arbeit beobachtete und deinen sehr weisen Erklärungen über den Grund für dieses oder jenes lauschte. Ich entsinne mich einer anderen Zeit als ich mich mit June an der Remsen Street eingerichtet hatte, Walter Paters *Renaissance* las und dich nicht nur über Botticelli, sondern auch über die frühen italienischen Meister ausquetschte. Ich kann dich fast wieder hören, wie du dich höchst beredt über Cimabue und Giotto äußertest. Und dann war es eines Tages Uccello.

Nun, während ich kürzlich London besuchte, sah ich in der National Gallery einen Uccello. Du weißt vermutlich, welchen ich meine – eine Schlachtdarstellung mit einem wunderbar ansteigenden Hintergrund. Ich studierte sie lange Zeit und hatte schließlich das Gefühl, sie sei wie immer sehr geheimnisvoll. (Alles, was ich tief liebe, bleibt, wie ich feststellte, immer ein *Geheimnis* für mich. Das gilt ebenso für die Schriftstellerei wie für Musik oder Malerei. In der Literatur beispielsweise werden, wieviel ich auch von der »Technik« kenne und erkenne, Bücher wie Hamsuns *Mysterien*, Dostojewskijs *Der ewige Gatte* und Nijinskys *Tagebuch* stets *Geheimnis* bleiben. Und falls du mich nicht für eitel hältst, daß ich das sage: dann und wann empfinde ich, wenn ich Stellen aus meinem eigenen Werk wiederlese, das gleiche. Das bewirkt, daß ich mich großartig fühle – und zugleich ehrfürchtig und überwältigt.)

Doch um auf jenen Uccello in der National Gallery zurückzukommen: erst diesmal erkannte ich plötzlich, wie *modern* das Bild ist. Wie modern Uccello ist! Cézanne ist vergleichsweise ein intellektuelles Jüngelchen. Und van Gogh! Warum van Gogh nur eben ein gequälter Neurastheniker ist! Uccello lehrte mich eine Menge. Und wie, frage ich mich, konnten seine Nachfolger das Lernen versäumen? Wie konnten wir derartig schreckliche Lücken in der wirklichen Tradition der Malerei haben? Welche Ungeheuerlichkeiten der Bildung und des schlechten Geschmacks liegen zwischen ihm und, sagen wir, Picasso. Uccello offenbarte Erhabenheit und Einfachheit der Seele. Er war ausdrucksvoll im *Tun,* nicht in der bloßen Konzeption oder Technik. Er ging unmittelbar von der Vision zur Leinwand über. Er schilderte nicht nur eine Schlachtszene. Er gab den augenblicklichen Zustand seiner, Uccellos, Seele wieder. Die Leinwand ist voll von Seele, voll von edlem *Gefühl.* Mit einer so fühlenden Seele kann man malen oder tanzen oder singen oder Pyramiden bauen. Gefühl, Gefühl. Van Gogh artikuliert es auf kränkliche Weise. Uccello aber ist gesundes Gefühl, kräftige, gezügelte Emotion, ein ausgewogenes Universum – das Gleichgewicht, das von innen heraus, aus seiner Beziehung zu Gott, zustande kommt, nicht aus der Kenntnis der Goldenen Regel.

Ich habe, um von kleinen Dingen zu sprechen, die großen Unterschiede in den Ergebnissen festgestellt, wenn man sich ruhig und ungestört hinsetzt, um ein Aquarell zu malen – im Gegensatz zu jenen fieberhaften zeitweiligen Ausbrüchen, wenn die Vorstellung, »etwas zu machen«, die Hauptsache zu sein scheint.

Das Bemerkenswerte, das man an einer Kinderarbeit beobachten kann (wie du dem Buch entnehmen wirst, das ich dir geschickt habe), ist, daß das Kind den Eindruck vermittelt, es habe sie mit seinem ganzen Wesen gemacht. Sie überlassen sich vollständig dem, was gerade ansteht. Wohingegen selbst der größte Künstler einen beständigen Kampf gegen Ablenkungen führen muß. Er ist sich nicht nur der künftigen Meinungen von Kritikern bewußt, des Preises, den die Arbeit erzielen (oder *nicht* erzielen) wird, des Werts seiner Tuben, der Richtigkeit seiner Farbwahl oder Linienführung, vielmehr auch der Zimmertemperatur, der Flecken auf dem Fußboden, des Bads, das zu nehmen er vergessen hat, und so fort.

Wie wundervoll ist für jemanden wie mich, der nicht *genötigt* ist, Aquarelle für den Lebensunterhalt zu malen, das Gefühl, das sich manchmal einstellt, wenn ich um Mitternacht nach Hause komme, der Raum außerordentlich still ist, das Licht gerade den richtigen Schimmer auf meinen Arbeitstisch wirft, meine Sinne hellwach sind, aber nicht so geschärft, um mich zu weiterem Schreiben zu drängen (ein Gefühl, wie wenn man in der Aschenglut stochert, das Feuer warm, aber am Erlöschen), und ich setze mich vor den kleinen Block, entschlossen, gerade *ein* Aquarell in Frieden und Harmonie zu malen. So zu malen gleicht einem Gedankenaustausch mit einem selber – und auch mit der ganzen Welt. Ich scheine eine unaufhörliche Unterhaltung zu führen. Die Farben sprechen mich an. Ich schmeichle ihnen, flehe sie an. Und wenn ich in der rechten Stimmung bin, gebe ich mir aus einem unerklärlichen Grund unendliche Mühe, einen Farbklecks zu mischen, der auf dem Papier etwa drei Millimeter einnimmt.

Doch einer der Augenblicke, die ich am meisten liebe, nachdem ich gegeben habe, was meiner Vorstellung nach mein Äußerstes war, ist die Erkenntnis, daß es überhaupt nicht ausreicht. Ich entschließe mich, das ruhige, statische Bild vor mir in ein lebendiges, sorgloses, freies und unbekümmertes Ding umzuwandeln. Mit dem, was mir gerade in die Hand kommt – Bleistift, Kreidestift, Pinsel, Kohlestift, Tusche –, streiche ich kurzerhand alles aus, was den erzielten ausgeklügelten Effekt zerstört und mir eine neue Grundlage zum Experimentieren gibt. Ich dachte gewöhnlich, die so erzielten frappierenden Resultate seien dem Zufall zu verdanken, doch dieser Ansicht bin ich nicht mehr. Heute weiß ich nicht nur, daß dies die Methode ist, die einige sehr berühmte Maler anwandten (augenblicklich fällt mir Rouault ein), ich erkenne vielmehr, daß ich eben diese Methode oftmals beim Schreiben anwende. Beim Schreiben gehe ich nicht *über* meine Leinwand hinweg, wie es der gewissenhafte Fraenkel mit seinen Projekten tut, sondern ich bohre ständig nach neuem Grund, bis ich die Ebene des genauen Ausdrucks erreiche, lasse sämtliche tastenden Versuche bestehen, verstärke sie aber in einer Art spiralenförmiger Umsegelung, bis sie eine solide Untermauerung oder Abstützung bilden, worum es sich auch handeln mag. Und ich stelle fest, daß dies genau das Lebensritual ist, das der sich entwickelnde Mensch praktiziert. Er geht, bildlich gesprochen, nicht zurück, um seine Fehler und Mängel zu korrigieren: er transponiert sie und verwandelt sie in Tugenden. Aus seinen Larvenhüllen macht er Flügel.

Jenes letzte »Selbstbildnis« an der Wand, das das Aussehen eines mittelalterlichen Alchemisten hat, enthält eine Entdeckung im Zusammenhang mit »Ohren«, die mir endloses Vergnügen macht. Ohren sind für mich – ganz so wie Finger und Hälse – ein Schreckgespenst. Ich hatte meine gesamten Kenntnisse über Ohren angewandt – und sie sahen noch immer aus wie Blumenkohl oder Kohlrabis. Indem ich von außen her mit immer mehr Transparenz und immer mehr Magie das Gesicht erarbeitete, merzte ich allmählich und schließlich die Ohren vollständig aus. Und dann schlitzte ich in einem Geniestreich (sic!) ein paar Wundmale in die Wangen und verlieh mir so das unbewußt ersehnte Aussehen jemandes, der viele Prüfungen überstanden, der vielleicht seine Ohren einem höheren Zweck geopfert hatte, der aber nichtsdestoweniger »ganz da« war, *avec ou sans oreilles.* Die kluge Verwendung von etwas Zinkweiß erhöht das Geheimnis und verleiht dem gesammelten Blick des Visionärs, der im Traum vielleicht den Stein des Weisen gesehen hat, Leuchtkraft.

Sollte eines Tages diese spezielle Leistung im Fenster von Gotham Book Mart ausgestellt sein, wohin ich sie in Kürze senden werde, wäre es mir ein hochgradiges Vergnügen, wenn du stehen bliebest und sie inspiziertest. Ein noch größeres Vergnügen, könnte ich hinzusetzen, wenn du hineingingest und fragtest, wer das gemacht habe. Und das allerhöchste Vergnügen, muß ich sagen, wenn du dich nach dem Preis dieses Meisterwerks erkundigtest und dann sagtest: »Packen Sie es ein, ich nehme es mit.« Um sicherzugehen, daß du es erkennen wirst, werde ich auf die Rückseite schreiben: *»Der Stein des Weisen,* in Erinnerung an meinen Freund Emil Schnellock, der mich in die Mysterien des Zinkweiß einführte.« Du wirst den Stein genau am Halsansatz finden. Er ist ein kleiner Fleck der Untermalung, den ich unberührt ließ. Für *dich,* Emil, für 1 Dollar 98.

Und jetzt, da ich voller Frösteln und Fieber bin, will ich die Feder weglegen und von den Uccellos träumen, über die wir zu reden pflegten – ich damals auf der Höhe der Unwissenheit und du geduldig und lehrreich ...

Ein zusätzlicher Gedanke, während ich an meinem Arbeitstisch zu Mittag esse und mein Aquarell durch den Spiegel betrachte. Zum erstenmal in meiner Erfahrung sehe ich plötzlich, daß die bläulich-weißen Strahlen, die ich über die Männerbrust hinunterzog, eigentlich nebelhafte Lichtstreifen sind und nicht einfach Bahnen blauer Farbe, mit ein wenig Weiß gemischt. Wenn ich in der Metro bin und auf einen Zug warte, studiere ich unwillkürlich die Plakate – und das hat etwas mit Schattentricks, Materieblitzen, Strukturdifferenzierungen durch Linie, Farbe oder Form zu tun. Ich komme nie zu etwas, weil ich einfach nicht die Erinnerung der Technik, die ich studiere, und der Wirksamkeit dessen bewahren kann, das ich wahrnehme. Ich sehe nur, was ich nach der Absicht des Künstlers wahrnehmen soll – nämlich eine Bügelfalte in der Hose, nicht eine dünne schwarze Linie samt einem Rand in parallelem Weiß. In meinen eigenen Arbeiten sehe ich lediglich die »Ursachen« – nie die Wirkungen. Nur hie und da, wenn ein Besucher kommt und mir zu erzählen beginnt, was er in dem Gemälde sieht, fange ich an, selber diese Dinge zu erkennen. Ich sehe nur meine Bemühungen und Fehlschläge – nie das erwünschte Resultat. Ich erinnere mich, wie Reichel einmal kam und ein Aquarell kritisierte, das ich eben fertiggestellt hatte und auf das ich ungewöhnlich stolz war, weil ich meinte, es sei gelungener als gewöhnlich gewesen. Es war ein Erinnerungsbild an den Parc Montsouris – der See mit den Schwänen und so fort. Reichel sagte: »Ich mag kindliche Malereien nicht so sehr.« Wobei er voraussetzte, ich hätte wie ein Kind zu malen *versucht*! Ich war geschmeichelt wie auch perplex. Aber ich hatte überhaupt nicht versucht, ein Kind zu imitieren. Ich tat mein Bestes. Daß er einen Unterschied zwischen diesem Bild und anderen machte, die ich ihm gezeigt hatte, verblüfft mich. Wo war sein kri-

tisches Gespür? Konnte er nicht sehen, daß sie alle fundamental »kindlich« waren? Als er ein andermal ein flüchtiges, verspieltes Porträt Freds betrachtete, das ich eben fertig hatte, bemerkte er: »Welch grausame Auffassung eines *ami!«* Aber ich hatte nicht den leisesten Anflug von Grausamkeit in mir, als ich das Bild malte. Wenn ich Fred einen idiotischen Ausdruck verliehen hatte, dann deshalb, weil mir der Pinsel versagte. Ich betrachtete Fred gespannt, während ich arbeitete, und das Ergebnis war das, was Reichel offensichtlich entsetzte. Er traute mir eine Kraft und Kontrolle zu, die ich nie besaß.
Nun, hätte jemand jene Bemerkung über ein geschriebenes Porträt gemacht, ich hätte sie stillschweigend als faire Kritik hingenommen, selbst wenn mir, wie das manchmal geschieht, keine Boshaftigkeit ganz vorn im Bewußtsein gesessen hätte. Doch beim Schreiben, verstehst du, weiß ich, daß ich verantwortlich bin. Ich kenne jeden Kniff: wo ich ein Semikolon statt eines Gedankenstrichs verwenden, wo ich einen kurzen stechenden Hieb versetzen und wo ich mich geschwätzig oder gar weitschweifig auslassen muß – *selbst wo ich zu stottern habe!* Doch ich weiß auch, daß ich jenseits eines bestimmten Punkts nicht mehr verantwortlich bin. An einem bestimmten Punkt siegt der Mensch in mir über den Künstler. Der Künstler lügt, kann und will lügen – der Wirkung zuliebe. Aber nicht der Mensch! Im Reich der Wasserfarben bin ich keines dieser beiden Geschöpfe: ich bin einfach ein blindes Instrument des Zufalls. Ich arbeite nach dem »Prinzip des geringsten Aufwands«. Was ich nicht weiß, zählt mehr als das, was ich weiß. Ich sollte diese Dinge eigentlich nicht mit meinem Namen signieren: ich bin ein anonymes

Geschöpf, ein Neophyt, ein Stotterer und Stammler in Form und Farbe. Kannst du mir folgen?
Die größte Freude und der größte Triumph stellen sich in der Kunst in dem Augenblick ein, in dem man voll und ganz erkennt, daß man das Medium im Griff hat und es absichtlich in der Hoffnung preisgibt, eine entscheidende verborgene Wahrheit in einem selber zu entdecken. Sie kommt wie eine Belohnung für Geduld – diese Freiheit der Meisterschaft, hervorgegangen aus der strengsten Disziplin. *Dann* bist du, ganz gleich, was du tust oder sagst, absolut im Recht, und niemand wagt dich zu kritisieren. Dies empfinde ich oft beim Betrachten von Arbeiten Picassos. Die große Freiheit und Spontaneität, die er offenbart, ist, man spürt es, dank der Wucht, dem Druck, dem Beistand der ganzen Person zustande gekommen, die sich über eine endlose Zeitspanne hinweg der Disziplin des Geists unterworfen hatte. Die sorgloseste Gebärde ist ebenso rechtmäßig, ebenso wahr, ebenso gültig wie die sorgsamst geplanten Schläge. *Dies weiß ich,* und niemand könnte mich vom Gegenteil überzeugen. Picasso demonstriert hier nur eine Lebensweisheit, die auf anderer, höherer Ebene der Weise praktiziert.

Heute morgen lag ich, um fünf Uhr aufgewacht, das Zimmer noch immer fast dunkel, wach da, dachte ruhig über den Essay nach, den ich nach dem Aufstehen schreiben wollte, und beobachtete zugleich, als ob ich ein Duo spielte, den allmählichen Wandel der Farben auf meinen Malereien neben dem Bett, als die Helligkeit langsam zunahm. Dabei machte ich die seltsame Erfahrung, mir vorzustellen, was mit diesen Farben geschähe, sollte das Licht immer weiter an Stärke zunehmen, *über die volle Tageshelligkeit hinaus.* Und vom Nachdenken über die unbekannte Farbskala zu den Formen selber und dann zu ihrer Bedeutung – welche Welt der Mutmaßung erkundete ich! In diesem Augenblick war ich imstande, mich sozusagen in eine Zukunft zu versetzen, die eines Tages verwirklicht sein mag. Ich sah nicht nur, was ich dereinst zu tun imstande sein könnte, ich sah vielmehr auch dies: daß die Antizipation des Ereignisses ein Vorzeichen der Tat selber ist. Plötzlich erkannte ich, wie es mit dem Ringen gewesen war, mich schreibend auszudrücken. Ich blickte in die Zeit zurück, als ich die lebhaftesten, verzücktesten Visionen von Wörtern hatte, in Wirklichkeit aber nur gebrochen murmeln konnte. Heute sehe ich, daß allein mein beständiges *Verlangen* für alles verantwortlich war, was ich an Fortschritt oder Meisterschaft zustande brachte. Die Wirklichkeit ist immer da, und die Vision geht ihr voraus. Und wenn man unentwegt fortfährt zu schauen, kristallisiert sich die Vision zur Tatsache oder zur Tat. Man kann ihr nicht entkommen. Welchen Weg man einschlägt, ist gleichgültig: jeder Weg bringt einen schließlich ans Ziel. »Alle Straßen führen in den Himmel«, sagt das chinesische Sprichwort. Akzeptierte man das völlig, käme man rascher dorthin. Man sollte sich keine Gedanken über den Grad des »Erfolgs« machen, den jegliche Bemühung einbringt, sondern sich nur darauf konzentrieren, die Vision zu bewahren, sie rein und beständig sein zu lassen. Der Rest ist Fingerfertigkeit im Dunkeln, ein echt automatischer Prozeß, nicht schon deshalb weniger schlafwandlerisch, weil er von Qualen und Schmerzen begleitet ist.

Seit halb elf Uhr heute abend bin ich von der Entdeckung gelben *Ockers* hingerissen! Wunderbare Farbe! Ich setze sie in den Himmel und bekomme Morgendämmerung, setze sie ins Gras und ich bekomme goldenes Licht. Seit der Abenddämmerung bewegte ich mich mühsam zwischen zwei Aquarellen hin und her – dasselbe Thema, verschiedene Behandlung. Auf jedem gibt es einen Baum (immer der gleiche Baum, so wie der, den ich vor St. Augustinus stellte), ein Gewässer – Bergweiher, Bucht, See, Fluß?? – und Hügel, grün wie die Hügel Irlands. Ich verwendete Saftgrün, in der Hoffnung, ein schwaches Gold zu erzielen, aber ich bekam statt dessen Irischgrün. Ein wenig Preußischblau nahe den Hügelspitzen, und sie erglühen mit allen Metallerzen, die dort abgelagert sind und von den sieben Zwergen bewacht werden. Bei dem Versuch, den Widerschein der Hügel aufs Wasser zu werfen, mußte ich so oft über das Wasser gehen, daß jede Art von Blau und Grün darin zu finden ist. Ehe ich ins Kino ging, um den geliebten *Raimu* anzusehen (die einzige *menschliche* Gestalt im Film), badete ich das kleinere Bild. Erstaunliche Wirkung – und es tut mir jetzt leid, daß ich es nochmals überarbeitete. Alles nahm eine übernatürliche Färbung an, wie bei der Morgendämmerung. Wo es die Farben völlig weggewaschen hatte, war nicht einfach weißes Papier, sondern ein winddurchwehter Raum, in dem die verschwundenen Farben noch immer leise sprachen. Man konnte sehen, daß die Hand des Menschen darüber hingegangen war – wie sich der Atem Gottes über das Wasser bewegt. Den Baum hatten kalte Windstöße heimgesucht. Er war wundervoll, aber wie ein Idiot dachte ich, jeder müsse sehen, daß es durch Wässern zustandegekommen war – nicht durch Kunstfertigkeit so gemacht. Und schließlich bekam ich ein Boot – die richtige Form und das richtige Glitzern vorn und achtern, wie es sich in der Sonne und den Wellen bewegt. In dem kleinen Bild gelingt es mir, die Illusion zweier Frauen zu vermitteln, ohne daß ich (zum erstenmal in meinem Leben) Haare, Augen und Nasen anbringe. Diesmal kann man sich mit Erfolg ihre Gesichter vorstellen. Man weiß, daß sie Gesichter *haben*. Ein Triumph ersten Ranges! Doch das Beste an allem ist der Boden: eingelegt mit gelbem Ocker, so daß er himmlisch erstrahlt und nicht so sehr an »Erde« denken läßt als an *die Erde* – an die Erde in einer sagenhaften Zeit, ehe die Maschine erfunden war. (Die griechischen Heldensagen beschwören, wenn man an die Kämpfe und die Vorverhandlungen zwischen den Heldengöttern denkt, eine ganz andere Erde und einen ganz anderen Erdboden herauf, als man sie beispielsweise in einem Utrillo oder einem Cézanne findet. Die Erde *hatte* damals mehr Gold, kein Zweifel. Wenn ein Mann verwundet auf die Erde stürzte, empfand er sich mit ihr verwandt. Es gab keine Granattrichter und kein gaszerfressenes Gras, in die er hätte sinken können. Er starb in kräftigem Sonnenlicht, in einem Aufruhr von gelbem Ocker, Grasgrün, Chromgelb und ungebrannter Umbra. Oder aber unter einem vollem Mond, der wirklich *Silber* und wirklich zu erschreckenden Ausmaßen angeschwollen war. Er sah die Baumstämme kohlschwarz und mit Silber gefleckt. Er sah in dem dichten Laub über ihm eine Frühlingsfärbung, in der es noch Spuren von Rotbraun und Orange gab.) Zuweilen siehst du beim Lesen eines Buches all diese Farben wieder. Zuweilen sehe ich sie im Kino, wenn sie aus den Schwarz-

Weiß-Filmen herausspringen. Heute abend, als *Raimu* in Wut war und mit dem Rücken zum offenen französischen Fenster mit der Riviera dahinter stand, sah ich die wundervollsten Grün- und Gelbtöne und zerzaustes Laubwerk und zerklüftete Korkeichen. Und ich sah den Lehnstuhl und das Sofa mit der Matisse-Tapete, die menschlichen Gestalten, wie sie sich in einer anderen Dimension aus der Dekoration herausbewegten und, wiewohl in ihren Gebärden leidenschaftlich und tragisch, doch nicht so überzeugend waren wie der Lehnstuhl, das halb offene französische Fenster, die gezackten und gekörnten Hügel, die Schwertfisch-Palmblätter, die zu Büschen verkümmerten Olivenbäume, die stille Bucht in der Dünung.

Und jetzt werde ich dir etwas noch Spaßigeres erzählen. Als ich mit meinen Bildern zu zwei Dritteln fertig war, ging ich ins Studio zurück, um das Kinderbild zu betrachten, das ich aus einem Buch ausgeschnitten hatte. Und ich sah mit einem Blick, daß »sie« mehr von Malerei verstand, als ich jemals verstehen werde. Selbst wenn sie den Schatten eines langen Schwanenhalses in die falsche Richtung fallen ließ, störte es nicht das allgemeine Empfinden der Wahrhaftigkeit. Was sie mit dem Pinsel notierte, war ihrer Vision absolut getreu. *Ich* vergesse oft, einen Schatten anzubringen – bis ich in die Kunstgalerie gehe und zufällig bemerke, daß die meisten Dinge einen Schatten werfen. Das Kind ist sich sehr deutlich der Aura bewußt, die Menschen und Dinge umgibt. Erwachsene Kinder wie ich, die oftmals nur verschrobene Jugendliche sind, vergessen alles von dieser Aura, wie der Wissenschaftler alles von den Zwergen vergißt, die in den Metallen wohnen, wie Fred sagt. Wenn ich schreibe, bin ich mir all dieser

Dinge bewußt, doch wenn ich den Pinsel ergreife, bin ich so sehr von der Idee voreingenommen, etwas zu machen, das Ähnlichkeit mit etwas hat, daß ich die ganze Wirklichkeit aus den Augen verliere. Meine Schöpfungen, wenn ich sie so nennen kann, schwimmen oder schweben oder keuchen in einem Vakuum der Sinne. Heute abend kam ich näher als je zuvor an diese Wirklichkeit heran. Und ich schaffte es mit dem *kleinen* Pinsel, den zu benutzen ich gewöhnlich zu ungeduldig bin. Ich *dachte* lang über jede Einzelheit nach: über das Empfinden von Wasser und das Aussehen von Hügeln und darüber, wie und wo sich der Bug eines Boots krümmt. Und ich erinnerte mich, wie der Wind, wenn er über die Erde fegt, am schweren Laubwerk des Baums zerrt, als wolle er ihn entwurzeln. Ich meine, ich habe ein wenig von alledem in meinen beiden langwierigen Versuchen vermittelt. (Doch wenn ich sie neben die Kinderarbeit hänge, sind sie bei weitem nicht so gut, so ehrlich, so wahr. Das Kind hat sein Bild nicht gebadet – dessen bin ich sicher. Und wenn es durch den Rasen einen Weg zog, dann *wurde es ein Weg*. Die meinen sind in den Boden getüncht.)
Nichtsdestoweniger preise ich Gott, daß er die Kraft rettet und erhält. Ich kam näher heran als je zuvor, und ich kann mit reinem Gewissen zu Bett gehen.
Doch vergiß nicht, *Raimu* in *Noix de Coco* anzusehen, drôle de titre! *Quand il se met à pleurer, c'est magnifique! C'est un homme, quoi!!!*

Ehe ich gestern Nacht in Schlaf fiel, befahl ich meinem Unbewußten, sich beim Aufwachen an den letzten Gedanken zu erinnern, der mir durch den Kopf ginge – und es funktionierte. Es ging darum, dir von meinen Eindrücken beim Betrachten einer winzigen Reproduktion im Paris-Soir nach einem Gemälde einer Künstlerin (vielleicht Suzanne Valadons) zu berichten. Als ich den Kopf ansah, den sie gemalt hatte, fiel mir ein häufig wiederkehrender Gedanke ein, der mir beim Beobachten von Köpfen kommt. Es war ein Kopf, wie ihn uns nur die Maler geben; in der Literatur könntest du kein Gegenstück dazu finden, nicht einmal in der Bildhauerei. Es war – oder *ist,* weil es ein ewiges Phänomen in der Malerei ist – ein von der Logik des Pinsels vorgeschriebenes Gesicht. Es ist von oben nach unten verkürzt und natürlich entsprechend seitlich verbreitert. Am typischsten findest du es, möchte ich meinen, in den Figuren Braques. Die Köpfe sind durch die Farbe zweifellos so geformt, daß sie sich den Erfordernissen des Bildes anpassen. Der Kopf hat einen bildhauerischen Fluß und erzeugt eine andere Art von Anmut und Schönheit, als sie uns aus dem Leben vertraut sind. Die Züge haben gewöhnlich etwas von steinbruchartiger Primitivität an sich. Als ich diesen Kopf in der Rubrik »A travers les galéries« erblickte, empfand ich große Freude – teils, weil ich ein Prinzip erkannte, teils, weil ich ein Element entdeckte, das meinen Porträts gewöhnlich fehlt. Wollte man sich an diesem Gesicht in Wasserfarben versuchen, müßte man es auf feuchtem Papier tun, kann ich mir vorstellen. Ich habe vor, es anfangs mit geschabter Bleistiftmine zu versuchen und für das Explosive des Knochenbaus, der Augenhöhlen und der Stirnwölbungen die Finger zu benutzen. Irgendwo in der Kinngegend empfinde ich das lebhafteste Vergnügen – schwer zu beschreiben, doch es ist, als sei das Kinn tief in einen sich verbreiternden Fleischmund zurückgesetzt. Was mich nicht losläßt, ist die fleischige Gefräßigkeit des Munds, nicht sein Sprechvermögen oder seine »Küßbarkeit«. Reichel malte einmal einen in Öl, so etwas wie einen mittelalterlichen Deutschen, in dunklem Olivgrün mit gelbbraunem erdschwerem Inkarnat, das mich verfolgt. Er zog das Gesicht so in die Breite, daß es fast froschartig wurde. Dennoch ist es sein Gesicht »für alle Zeiten«, wie jemand einmal über die Pferde Shakespeares gesagt hat. Und diese Köpfe haben noch etwas an sich – das ich den »nachmittelalterlichen« Kopf nennen sollte. Vor eine Landschaft oder einen Landschaftsausschnitt gesetzt (ein beängstigender Steigerungseffekt, wie ich immer meine – als solle gesagt werden: *Der Mensch beherrscht die Natur)*, spiegelt das Gesicht unwillkürlich die Kurven und Rhythmen der Natur. Der starre isolierte Kopf moderner Zeiten ist erschreckend wegen seiner Beziehungslosigkeit. Er ist das Symbol eines im Leeren arbeitenden Gehirns. Das allein ist ein ausreichender Grund, um unsere unaufhörliche Bewunderung für jenen französischen Maler zu rechtfertigen, dessen Namen ich vergessen habe – jenes Mannes, der zuletzt mit einem Armstumpf malte! *(Renoir)* Seine sämtlichen Frauen haben die Beschaffenheit, von der ich spreche. Wenn wir zu den Frauen Picassos kommen, haben wir die Blüten des Maschinenzeitalters, auch wenn sie seiner »klassischen« Periode zugerechnet werden. Seine gewichtigen Madonnen sind Geier der großen Leere. Jetzt gibt er ihnen Profile mit Doppelaugen. Die plastischen oder ästhetischen Gründe für diese seltsamen Erscheinungen kenne ich nicht, aber ich meine, einen metaphysischen Grund zu entdecken – daß nämlich seine Frauen, *unsere*

Frauen, sozusagen keinen »ätherischen« Körper haben. Von völlig materieller Beschaffenheit, werden sie zu atomaren Synthesen, zu immateriellen Elektronenkonglomeraten ohne wirkliche Ausdehnung. Gewissermaßen mit der Axt behauen, sind sie nichtsdestoweniger ungreifbar und unkörperlich. Die Flächen, die Cézanne entdeckte, verblassen zu Einsteinschen Fleischabstraktionen. Die haben weder ein Vorn noch ein Hinten und natürlich auch keine Seiten. Dali blickt immer bis ins Röhrensystem hinein. Picasso, der *skorpionischer* ist, sucht nach einer solideren Grundlage, aber wie wütend er auch die Axt schwingt, seine Figuren sind doch nur auf einer einzigen Ebene angelegt – und die ist seine Pappe. Wir haben uns so sehr an diese Pappenwirklichkeit gewöhnt, daß wir nichts Unnatürliches darin sehen. Tun wir jedoch ein paar Schritte zurück und sehen mit den Augen eines Renoir, können wir einen gewaltigen Unterschied wahrnehmen.
Das ist alles, was ich im Augenblick über das »verbreiterte« Gesicht zu sagen habe. Ich werde jetzt einen Spaziergang durch den Parc Montsouris machen, um den See, die Schwäne und den Rasen zu studieren ...

Heute abend auf dem Boulevard St. Michel spaziert und die Reproduktionen in den Schaufenstern studiert. Hauptsächlich Augenhöhlen und Lippen studiert. Auf eine Menge Renoir-Frauen gestoßen. Überall wieder den lächelnden und nach oben geschwungenen Mund entdeckt, der die Rundheit seiner sämtlichen Frauengesichter steigert. Ein Mund fast wie eine Vagina, wenn sie schlitzäugig angebracht ist. Entschiedene *Renoir*-Münder! Von da zu alten Gesichtern – jeder Schule und Epoche. Die Formgebung untersucht, die verschiedene Moderne anwenden. Cézannes Selbstporträt – jene leicht kahle Birne mit einem Büschel schuppiger Haare, die auf die fettige schwarze Jacke fallen – ein abscheuliches Porträt, von jedem Standpunkt aus. Absolut sinnlos, Selbstbildnisse in solcher Kleidung und mit so uninteressantem Charakter zu machen. Die Augenhöhlen allerdings interessierten mich. Eine derart einfache Technik – dennoch mißlingt sie mir ständig. Erst diesmal sah ich ein wenig mehr, sah, daß er die rotierenden Flächen von Licht und Schatten in den Augapfel selber oder jedenfalls in die Augenhöhle hineingenommen hatte. Mit der Metro nach Hause, so gefesselt von jenem Stück Fleisch über dem Augapfel, von seiner Geräumigkeit und seiner Sinnlichkeit, daß ich über meine Station hinausfuhr ... Es gibt mehrere andere Stellen im menschlichen Gesicht, die sinnlich und geheimnisvoll faszinierend sind – beispielsweise die Vertiefung unter der Nase, der Unterteil der Nase selber, das Ohrläppchen. Beginnst du dich darauf zu konzentrieren, verlierst du dich in Introspektion. Das Stück Fleisch über dem Auge bei einer Frau kann einen verhexen. Welch großen Raum das Auge einnimmt! Ich habe es erst vor kurzem begriffen: von jetzt an werde ich die Bedeutung der Augenhöhle steigern. Bei meinen mikroskopischen Untersuchungen auch darauf gekommen, daß es um so besser ist, je weniger man am Ohr herummacht. Bei den »Oriferationen« des Ohrs stirbt so viel von der Lebensfarbe im Gesicht ab, daß das Ohr, wenn du die Farbe nicht sparsam verwendest, monströs wird. Die eigentliche Bluttönung, eine abgeschwächte Tönung gewissermaßen, scheint sich im Ohrläppchen zu konzentrieren. Richtig?

Eine banale Schlußfolgerung, aber besser spät als nie. Freilich kam mir, als ich über die endlosen Varianten nachdachte, das Gesicht wiederzugeben, die Frage, ob du jemals daran gedacht hast, Vorlesungen über die verschiedenen physiognomischen Merkmale zu halten und dabei die Sicht oder die Technik des einen mit der des anderen zu vergleichen. Da Vincis Münder, verglichen mit denjenigen Rubens', Renoirs, Cézannes, Picassos und so fort. Botticellis Augen, verglichen mit denjenigen Cimabues, Giottos oder van Goghs. Vielleicht ließe sich so eine ganze Menge sagen – ich meine, durch die Absonderung einzelner Punkte des Gesichts und durch die Konzentration darauf statt auf den »Ausdruck«, der eine seelische Qualität und letztlich unanalysierbar ist. Bei Schriftstellern bin ich mir so gründlich bewußt, wie jeder einzelne den Kniff der Gebärde, des Gesprächs, der Träumerei, des Ausrufs und so weiter behandelt. Herrn Peeperkorns Stammeln beispielsweise: welch monumentale Leistung! Das Stammeln zu seiner höchsten Bedeutung gesteigert. Als hätte Thomas Mann bei der Modellierung der menschlichen Gestalt seine ganze Aufmerksamkeit auf dieses eine Detail konzentriert und uns dabei das Wesensgeheimnis des Manns mitgeteilt.
Ja, ich würde dich gern über das Gesicht vortragen hören! Ich frage mich, ob sich schon vor mir Menschen in Augäpfel oder Ohrläppchen vertieft haben. Zweifellos taten sie es. Balzac sagt irgendwo, ich meine, es war zu George Sand, wie er soundso viele schlechte Bücher geschrieben habe, das eine, um Französisch zu lernen, das eine, um den Kniff des Gesprächs zu lernen, und so fort. Zweifellos müssen auch Anatomen wie Rembrandt, Raffael und Ru-

bens die menschliche Gestalt viele Male auseinandergenommen und letztlich zeitweilig nur dieses oder jenes gesehen haben, das sie verblüffte oder verwirrte. Sowie du dich auf diese Weise zu konzentrieren beginnst, wirst du staunen, was du entdeckst. Denn du kannst, wie du gut weißt, dein Leben lang Dinge ansehen und sie nie wirklich sehen. Dieses »Sehen« ist in gewisser Weise ein »Nicht-Sehen«, wenn du mir folgen kannst. Es ist mehr ein Suchen nach etwas, bei dem du mit verbundenen Augen den Tast-, Geruchs-, den Gehörsinn entwickelst – und so zum erstenmal siehst. Eines Tages siehst du, so seltsam es klingt, was beispielsweise einen Wagen ausmacht. Du siehst den Wagen im Wagen – und nicht das Klischeebild, das man dich als »Wagen« erkennen und für den Rest deines Lebens als zeitsparende Annehmlichkeit akzeptieren lehrte. Die Entwicklung dieses Vermögens ist für einen Künstler in jedem Bereich das, was die Uhr anhält und ihm gestattet, voll und frei zu leben. Er tritt aus dem Rhythmus der Masse heraus und dadurch »schafft er sich Zeit« zu sehen, was um ihn herum ist. Bewegte er sich *(lebte er?)* wie die anderen, bliebe er zusammen mit ihnen taub und blind. Eben das freiwillige Innehalten versetzt ihn eigentlich in himmlische Bewegung und gestattet ihm, zu sehen, zu fühlen, zu hören, zu denken. Oder nicht?

Als ich damit beschäftigt war, den *Steinbock zu* schreiben, war ich taub für all die Dinge, von denen ich dir jetzt berichte. Erst jetzt, da einzig meine rein kritischen Fähigkeiten (dank meinem Balzac-Studium) im Spiel sind, kommen die sinnlichen Elemente meines Daseins zum Leben. Jetzt sehe ich, während ich über die Phasen von Balzacs Leben nachdenke, mit außerordentlichem Genuß all die geringfügigen Dinge, die die Farbe und die Bewegung des Lebens ausmachen. Als ich früher heute abend vor dem Schaufenster stand, war ich so von der Form der Lippen eines Mannes gefesselt – des Mannes neben mir –, daß er plötzlich mein Starren wahrnahm und mich finster ansah, was mich aufscheuchte. Doch als ich jene Lippen betrachtete, dachte ich sicherlich nicht einen Augenblick lang an ihren Besitzer. Sie waren für mich einfach Lippen, Position Nr. 946572 im Museumskatalog der Henry-Miller-Lippen. Sie gehören mehr zu dem Schaufenster als zu Monsieur *Tel et Tel.* Und mehr zu Giotto, Botticelli, da Vinci als zu dem Schaufenster. Schließlich gelangte ich, als ich die Richtung noch weiterverfolgte, in der Tat dazu, mir die Bildung von Lippen im Mutterleib vorzustellen – die ganze Lippengenetik. Und hätte ich mich noch ein wenig mehr angestrengt, hätte ich vielleicht die Hand des Schöpfers gesehen, wie sie sich über das anfängliche Fleisch bewegte und es aufforderte, Lippen zu sein!

Und das bringt mich darauf, daß es, wenn ich so oft beim Aquarellieren scheitere, an die Nichtverwendung des »kleinen« Pinsels liegt, wie ich vorher schon bemerkte. Ich sollte die Geduld erwerben, das Inkarnat Stück um Stück aufzubauen und mir meinen Weg so *erfühlen,* wie ich den Sinn jedes Punkts in der Physiognomie denke oder empfinde. Bei der Ölmalerei erscheint dieses Geschäft des Punkt für Punkt, des Zoll um Zoll so viel einleuchtender. Manchmal sehe ich das Ganze als ein schönes Stück Mosaikarbeit an, das es natürlich auch ist. *Blei und Glas,* denke ich mir oft. Nicht anders als ein farbiges Kathedralenfenster. Bei Rouault ist es ausgesprochen. Doch bei ihm ist das Mosaik so großartig und architektonisch, daß dieses gestückelte Ameisenwerk aus dem Blick verschwindet. Es kommt mir vor, als sähe ich ihn, wie er das geschmolzene Glas über das langsam erkaltende Blei gießt. Er wartet nicht, bis er ein Täfelchen oder Tröpfchen hat, sondern kippt den Eimer über das Gesicht oder den Körper oder die Straße. Er ist dazu in der Lage, weil er, anders als seine *confrères,* alles über Glasmalerei weiß. Er steht auf vertrautem Fuß mit seinen geschmolzenen Farben und seinem düsteren Blei und seinen Eisenrahmen. (Ich machte mehrere Köpfe, von denen man mir später sagte, sie erinnerten sie an Rouault. Kaum verwunderlich! Ich erinnere mich an die Stimmungen, in denen ich sie machte. Ich erinnere mich an die wilden Freiheitsausbrüche.)

In meinem Sammelalbum, in das ich gelegentlich diese epileptischen Anfälle erbreche, habe ich besonders einen, den ich für bemerkenswert halte. Er war eine Zeitlang unidentifizierbar, bis ich die Axt ergriff (die »Axt« sind die Farbstifte) und mit aller Muskel- und Willenskraft darauf einhieb. Das Ergebnis ist, äußerlich betrachtet, ein erschreckendes Stück Wahnsinn. Seinem Wesen nach ist es jedoch eine sehr zarte Porträtarbeit. Sie verletzt sämtliche Regeln, ausgenommen eine – die Ehrlichkeit. Sie ist so ernst und aufrichtig, daß sie dich, wenn du sie geduldig studierst, zum Weinen bringt. Weil auch eine Linie, verfolgt man sie zurück bis zum ursprünglichen Impuls, sämtliche Emotionen des Herzens offenbaren kann. Selbst wenn die Wirkung »grausam« ist, offenbaren Takt und Rhythmus der Linie die Wahrheit des Augenblicks, in dem sie geboren wurde. (Ich bin immer überrascht, wenn Menschen ein ethisches Urteil über eine Arbeit fällen. Ich entsinne mich, wie mir ein Franzose, als ich ihm eines meiner besten Stücke zum Geschenk machte, sagte: »Sehr schöne Arbeit, ja wirklich, aber ist es nicht ein bißchen erschrekkend?« Jene Frage machte mich plötzlich auf den *äußeren* Aspekt des Bildes aufmerksam, auf seine augenscheinliche Bedeutung. Ich dachte nur daran, wie »geglückt« es war.)

Neulich in Neuilly, gefesselt von einem winzigen Aquarell im Schaufenster einer Buchhandlung. Ein Mann im Arbeitsanzug, mit Filzhut und Brille, riesige Stiefel an den Füßen, steht vor dem Aquarell, murmelt und brummt vor sich hin. Ich belausche gern Selbstgespräche, besonders *kritische* Selbstgespräche. Ich rückte nahe zu ihm hin und beobachtete ihn gespannt. Er sagte, es sei nicht schlecht, das *aquarelle*, aber sehr amateurhaft, unfertig. Offenbar irritierte ihn die Hast, mit der es gemalt worden war. Noch immer das Bild betrachtend und ohne die Frage direkt an mich zu richten, meinte er, als spräche er noch immer mit sich (als denke er noch immer darüber nach), ob der Baum nicht zu skizzenhaft sei. (Ich muß sagen, daß das Bild eine kleine Szenerie an der Seine war – ein Lastkahn, eine Brücke, ein Baum, ein Tau – sehr einfach und sehr geschickt gemacht.) Ich sagte laut, ohne ihn anzublikken, sondern unentwegt das Bild betrachtend: »Der Baum ist vollkommen. Der Mann hat alles gesagt, was er sagen wollte. Es ist ein Baum, und das reicht.« Daraufhin begann eine lebhafte Diskussion über *aquarelles*. Der Mann war ein *Schweinehändler* und Amateur-Aquarellsammler. Er kaufte nur, was ihm gefiel. Doch offensichtlich verlangte er mehr als eine Fünf-Minuten-Skizze. Er wollte, daß ein Baum Blätter habe, und so fort. Ich erwiderte, der Baum sei ganz offensichtlich ein Baum. Und dann fügte ich hinzu, daß ich selber Maler sei (sic!) und daß Aquarelle meine Spezialität seien. Das erweckte ein neuerliches Interesse bei ihm. Er entschuldigte sich dafür, daß er zu kritisch sei, und sagte, was könne man schon von jemandem erwarten, der genötigt sei, den ganzen Tag mit Schweinen umzugehen. Ich sagte ihm, daß ich entzückt sei, dies zu hören, und daß ich *seine* Meinung mehr schätze als die anderer Kritiker. Das brachte die Dinge in Gang. Plötzlich, wie durch Magie, unterhielten wir uns angeregt, wie alte Freunde, über Cézanne, Rouault, Braque, Utrillo, Dostojewskij, Hamsun, Francis, Blaise Cendrars und so fort. Erstaunlich, auf was wir zu sprechen kamen. Schließlich erzählte er mir, wie er vor ungefähr zwanzig Jahren eines Tages am Montmartre war und in einer Kunsthandlung einige Gemälde eines Menschen namens Utrillo sah. Dieser ihm damals unbekannte Mann habe die Gemälde zum Rahmen hingebracht, mußte sie aber, weil er das Geld für die Rahmen nicht hatte, bei dem Kunsthändler lassen. Er sei, wie er gestand, von den Gemälden nicht sehr beeindruckt gewesen, aber ein Freund, der zufällig bei ihm gewesen sei, habe die Utrillos gekauft, und er selber kaufte einige andere, »die ihm gefielen«. Der Freund habe die Utrillos später natürlich für eine schöne Summe verkauft. Ich fragte ihn, ob er seine Meinung über Utrillo seither geändert habe, worauf er sehr aufrichtig und bescheiden sagte: »Nein, seine Bilder haben etwas Schmutziges an sich, das ich nicht mag. Ich weiß, daß er jetzt berühmt ist, aber das spielt für mich keine Rolle.« Seine Antwort gefiel mir ungeheuer. Ich sagte es ihm. Und dann verfiel ich ohne Übergang in eine

Lobrede auf Carcos Utrillo-Buch. Ich redete über Utrillo, als kennte ich ihn sehr genau. Ich sprach so überzeugend, daß ich diesem Händler Tränen in die Augen trieb! Aber was mich frappierte, war dies: das Wort *souffrance* hatte etwas in ihm angerührt. Er kam nicht darüber hinweg. *Souffrance* erklärte alles. »*Ecoutez, monsieur*«, sagte er, »*moi je ne suis qu'un ignorant, un sacré marchand de cochons, mais j'ai vécu ... j'ai mes experiences de la vie ... j'ai souffert. La vie d'un artiste, surtout la vie d'un peintre, n'est qu'un Calvaire. Ce que vous dites, monsieur, me touche profondément. Je m'excuse d'avoir fait la critique d'une œuvre qui est probablement audessus de ma compréhension. Moi, je ne suis qu'un amateur. J'aime les aquarelles. Je les garde chez moi pour le simple plaisir de les contempler. C'est curieux, mais c'est la vérité. Si vous avez du temps, monsieur, je vous invite a m'accompagner pour que je puisse vous montrer ma petite collection ...*« Und so ging ich mit ihm und sah mir seine Sammlung an. Und ich trank ein paar Cognacs mit ihm, und wir weinten zusammen, der Schweinehändler und ich, über die Kreuzigung des Künstlers. Ein wundervoller Tag. Alles dank einem *Monsieur Asselin, peintre, que je ne connais pas. Vive Monsieur Asselin! Vive l'aquarelle! Vive les marchands de cochons! Par un beau jour, l'aquarelle, même celle d'un inconnu, peut ouvrir les portes du Paradis. Vive la Seine, et la chalande qui passe sous les ponts! Vive l'arbre, sans ou avec feuilles! Vive le soleil! Vive Asselin!*

Der Gegensatz dazu ist ein Erlebnis mit einer fetten Angestellten im Postamt. Weil eine Rolle Aquarelle, die ich für meine Ausstellung in Washington aufgab, ihre Neugierde erregte und weil es kurz vor Weihnachten war, bot ich ihr impulsiv an, ihr ein Aquarell zu malen, während ich in London sei. Sie tat mir leid, wie sie den ganzen Tag hinter dem Schalter saß und Marken auf die Briefe anderer Leute klebte. *Eh bien,* ich brachte ihr eines nach meiner Rückkehr von London. Sie war an diesem Tag nicht da, also gab ich es beim *chef du bureau* für sie ab. Ein paar Tage später kam ich und begrüßte sie. Sie grüßte mich kaum. Ich wartete, bis sie meine Dinge abgestempelt hatte, wartete, während sie herausgab, wartete, wartete ... und nicht ein Wort über das *aquarelle* kam aus ihr heraus. Schließlich dachte ich: vielleicht hat der Chef vergessen, es ihr zu geben. »Haben Sie neulich das Aquarell bekommen?« fragte ich, als ich mich zum Gehen wandte. Sie sah mich kühl an, senkte den Blick und sagte irritiert: *»L'aquarelle? Oui, oui, on me l'a donnée. Oui!« Et c'était tout!* Ich machte kehrt und ging weg. Dreimal lief ich um den Block und überlegte mir, ob ich zurückgehen und sie fragen sollte, was zum Teufel sie mit einer solchen Unverschämtheit meine, *oder* sie solle mir mein Aquarell wiedergeben. Ich war wütend. Schließlich beendete ich die Angelegenheit, indem ich sie im Geist eine *»vieux con, une salope, un chou, une branleuse, une grosse légume, une abrutie«* hieß ...

Das *aquarelle* war ein bißchen mysteriös, wie ich zugeben will. Man konnte nicht sagen, ob es zwei im Dunkel miteinander kämpfende Vögel darstellte oder einen Wasserfall im Sonnenlicht. Für mich war es sehr klar: es war »Hell und Dunkel«, der Zusammenfluß sämtlicher Farbenzusammenstellungen. Der *carrefour* des Zwielichts oder – einfach ein »gläserner feuchter Furz«, wenn du willst. Doch wie einer Ignorantin solche Subtilitäten erklären? Und in schlechtem Französisch! Ich gab es auf. Verbrachte den Rest des Tages damit, daß ich französische Verben konjugierte, Genera bildete, elegante, zynische, unheilvolle Konjunktive aussuchte. Mein Aquarellistenherz war bis ins Innerste getroffen. Es war eine königliche Schlappe. *Mieux vaut un marchand des cochons! Si je ne suis pas un Asselin je suis tout de même un Henri Miller. J'ai du coeur, quoi! Je suis un sensible. C'est une sacrée vie, cetta vie sacrée d'un peintre ...*

Sonntag, 12. März 1939 2 Uhr früh

Emil, ich muß das aufschreiben, bevor ich zu Bett gehe, oder ich schreibe es nie auf. Ein Abend mit meinem Freund, dem »Azteken«, wie ich ihn nenne. Hier im Atelier. Beim Abendessen fängt er, wie so oft, von der Zeit unmittelbar nach dem Krieg zu reden an. »L'époque bohème.« Ich kann es dir nicht geordnet wiedergeben. Auf die Glanzlichter hinzuweisen, mag genügen. Es ist ein guter Kommentar, um dieses kleine Buch abzuschließen, weil es außerordentlich menschlich und vielleicht kein bißchen traurig ist.

Wie ich dir früher erzählt habe, stand mein Freund in enger Verbindung mit den Dichtern und Malern der Epoche. Er war selber Maler, ein schlechter, nehme ich an. Aus dem Krieg kehrte er in einem tranceartigen Zustand wieder, zu tief entsetzt von allem, was er erlebt hatte, um zur Fröhlichkeit der Jugend zurückzufinden. Zu seinen Freunden zählte er Gestalten wie Blaise Cendrars, Max Jacob, Kisling, Léger, André Salmon. Er war ein *copain* Modiglianis, Apollinaires, Vlamincks, Picassos, Derains, Braques, Juan Gris', Diego Riveras und anderer.

Das Gespräch an diesem Abend eröffnete eine Bemerkung, die er über Picasso und den Ursprung des Kubismus fallen ließ. Er nannte mir praktisch Tag und Stunde seiner Geburt. Der plötzliche Übergang von der Blauen Periode zur Afrikanischen. Das merkwürdige Zusammentreffen zwischen Picassos intellektueller *floraison* und der Behandlung, die er wegen einer geheimnisvollen Unpäßlichkeit erhielt. Ein lebhaftes Bild Picassos in meinem Gehirn, wie er mit den anderen in der alten Rotunde sitzt – weder jovial noch mürrisch, aber etwas abwesend. Nur Vittel trinkend.

Um rascher vorzugehen, weil ich dir nur die Glanzlichter vermitteln kann ... Vlaminck ist damals ein Radfahrer, ein Mann vom Land, »ein Zarter«, und redet immer über Malen aus dem Leib heraus. Derain ist bereits fett, außerordentlich gut belesen, ein gewaltiger Trinker, charmant und so. Apollinaire ist der metteur-en-scène. Max Jacob, immer der Clown und der witzige Kopf, ist auch der gutmütige Jude, der Picassos Arbeiten nimmt, sich hinter einen Schubkarren klemmt, durch Paris die Runde macht und Picassos Bilder zu verkaufen sucht.

In der Rue Ravignan, wo Picasso damals arbeitete und schlief – gerade über der Place des Abbesses am Montmartre – finden Zusammenkünfte statt. Du erinnerst dich wahrscheinlich an den Ort. Juan Gris ist da – gut aussehend, intellektuell, ziemlich *sec.* Auch Diego Rivera, der bald die erstaunlichsten Imitationen von Picassos kubistischen Gemälden machen wird. Er hat einen arabischen

Bart, ein Air von Toledo. (Etwas später, am Strand bei Arcachon, wird er Milch geben – wenn der Mond voll ist.)
Dann Bougival ... die Festgelage im Freien an der Seine, die Diskussionen über Negerskulptur, die alten Meister, Mythologie und so weiter. Derain ist vielleicht unter allen der feinfühligste. Braque, der sich auf Intellektuellenmanier in die Theorie stürzt. Vlaminck, der sich auf die Brust trommelt und wie ein Ochse brüllt. Alles ist so gut wie gemacht. Es bedarf nur einer Berührung durch ein Genie, um das Magazin in die Luft zu sprengen. Und natürlich tut es Picasso!
Für mich war das ganz wie eine Beschreibung von Welten im Geburtsvorgang. (Geschieht nicht alles in Blitzen, in Augenblicken der Inspiration?)
Auch Soutine kommt ins Bild. Der lustige Gefährte Modiglianis, der bis zum dritten oder vierten Apéritif gescheit und unterhaltend ist – danach ein Verrückter, *un exalté*. (Soutine wohnt jetzt still unter mir mit seinem neuen rothaarigen Modell, einem »Soutine« in jeder Hinsicht. Er scheint jetzt zahm zu sein, als versuche er, sich vom wilden Leben früherer Zeiten zu erholen. Zögert, dich auf offener Straße zu grüßen, aus Angst, du könntest ihm zu nahe kommen. Wenn er die Schnauze aufmacht, dann um zu sagen, wie warm oder kalt es ist – und belästigt dich das Radio des Nachbarn so, wie er ihn belästigt?)
Jedenfalls ist die betreffende Periode noch immer eine der wirklichen Kameradschaft, der Zusammenkünfte, des Feierns und Trinkens. Wenn es zum Arbeiten zu kalt ist, stöbert man ein paar Flaschen *vin rouge* auf, sperrt die

Tür ab und geht mit dem Modell ins Bett. Monatelang nach dem Krieg trug mein Freund weiter die Uniform, die ihm zu klein war: kein Geld für Zivilkleidung. Hie und da gab es wegen einer Kleinigkeit ein sensationelles Duell, gefolgt von einem fröhlichen Festessen und einen Preisanstieg der Bilder (für die Beteiligten.) Einige wurden über Nacht reich und dachten natürlich rasch nicht mehr an ihre unglücklichen Gefährten. Max Jacob sucht Zuflucht in einem Kloster, wo er weiterhin malen und schreiben wird. Und das erinnert mich an eine Zeile, auf die ich kürzlich in Chestertons Buch über den heiligen Franziskus von Assisi stieß: »Es war in der Tat seine (des heiligen Franziskus) ganze Funktion, daß er die Menschen zum *Neubeginn* aufforderte und daß er sie in diesem Sinn zum Vergessen aufforderte.«
Sie alle, Cendrars zu allererst, erlebten im Krieg eine schreckliche Taufe. Cendrars, der ewige Abenteurer, muß ganz von neuem lernen, wie man etwas macht – mit der linken Hand. Ihre ganze Welt ist zerschmettert. Ihre besten Freunde sind tot, ihre Ambitionen im Keim erstarrt. Ja, wie ich mir all das anhöre, erkenne ich, daß den meisten die Katastrophe dazu verhalf, ihre menschlichen Eigenschaften zu verbessern. Sie klingen »zart«, verglichen mit der heutigen Generation. Jetzt sind sie verstreut, jeder auf seine Weise berühmt, jeder für sich arbeitend, vielleicht gleichgültig gegenüber dem Geschick der anderen.
In seinem langen Monolog an diesem Abend erweckte mein Freund sie alle für mich zum Leben – dazu die Epoche und die Atmosphäre. Von Paris sprechend, von dem sich wandelnden Paris, das er gekannt hat, von den

»Grautönen« sprechend, die Paris ausmachen, sagt er: »Eine lange Erziehung ist nötig, bis man die Nuancen von Grau zu schätzen weiß ... *c'est tout une histoire.«* Wie wahr! Von Paris nach Istanbul, Marokko, Toledo, und immer die »Valeurs« jedes Himmelsstrichs, jedes Schauplatzes. Dann zurück nach Paris, zu jenem düsteren Farbton, der zuerst schmutzig wirkt – bis man hier und dort, Stück um Stück, die Nuancen des Grau zu erkennen beginnt. Von den »Grautönen« geht es in eine Lobrede auf die Poesie Léon Paul-Fargues über. »Der Meister des Grau«, so nennt er ihn. »Der Zauberer der Nuancen.« Ich weiß, was er meint. Ich weiß, was ein Zauberer Paul-Fargue ist. Ihn lesen macht mich sprachlos.

Vom Zauberer zum »Magier« – *Balzac!* Die esoterische Lehre. Die Religion des Weisen. In der Westentasche hat mein Freund immer den kleinen Fetisch mit eben den kostbaren Gaben darin, die einst die Drei Weisen aus dem Morgenland mitbrachten. Er zündet ein winziges Stück Myrrhe für mich an, um mir eine Vorstellung zu geben, was mit dem »Geruch der Heiligkeit« gemeint ist. Dazu ein Diskurs über die Lehre der Einheit, wie sie Claude Saint-Martin, *»le philosophe inconnue«*, offenbart hat. *En passant* ein »Profil« von Jolas, den Blick auf die Rheinquelle gerichtet und unentschieden, ob er ein Feldmarschall oder eine Reinkarnation Wotans ist. Dazwischen dunkle Anspielungen auf die Thaumaturgie des Paracelsus und was der Stein des Weisen wirklich bedeutet. Die abrupte Aufforderung an mich, alles, was ich nur kann, über das Geheimnis von Mesa Verde für ihn herauszufinden. (Auch Balzac war versessen auf die Indianer!) Ob ich gern einige Maya-Alphabete sehen möchte? Daraufhin zeigt er mir die verschollenen Kontinente – auf meiner Landkarte im Studio. Er erklärt, warum er glaubt, daß es ebenso wie die rote, die braune, die gelbe, die schwarze und die weiße auch eine blaue oder grüne Menschenrasse gegeben habe. Und ich sage: *»Pourquois pas?«* Genau das, was uns früher am Abend in Fahrt brachte. Eben dieser Ausdruck Picassos hatte mich angestachelt. *Pourquois pas?* zu allem!

Wer ist der Mensch, der triumphiert? Derjenige, der *glaubt.* Mögen die »Gescheiten« zweifeln, kritisieren, kategorisieren und definieren. Der Mensch des Herzens glaubt. Nichts ist zu närrisch, zu trivial, zu weit hergeholt oder zu gewaltig, als daß es der Mensch nicht glauben könnte. Wissen zerstört den Geist; der Glaube schließt einen auf, befreit einen. Wenn ich meinem Freund zuhöre, frage ich mich zuweilen, was die Leute sagten, falls sie hören könnten, was zwischen uns vorgeht. Ich muß dir gestehen, er hat nie etwas gesagt, das mir zu phantastisch gewesen wäre, um es zu schlucken. Von der Dichtung und der Malerei zur Mythologie oder zur Alchemie, von den weltlichen zu den erhabenen Hierarchien: es ist alles eins für mich, und es ergibt auch Sinn. Tiefen Sinn.

Es wird spät und ich bin müde. Aber ich dachte, du würdest es genießen, einen Hauch von diesem Redefest mitzubekommen. Während des Abends dachte ich oft an Reichel, dessen Glasmysterium gerade hinter mir hängt. Auch er gehört zu dieser Welt der Magie und des Geheimnisses. Er kommt nicht mehr, Reichel, doch sein Geist ist da – und seine Bilder sprechen unaufhörlich. Ich denke an ihn, an seine wöchentlichen Besuche in Notre Dame, wenn er durch die Porte Astrologique eintritt und den

Turm hinaufsteigt, *»um die chimères zu fühlen«*, wie er sagt. Dann hinunter, um durch die Porte Chimique wieder zu gehen. Doch immer in der Hoffnung, eines Tages werde sich ihm die Porte Magique auftun. Reichel hat übrigens eine Todesangst davor, in »eine chemische Flüssigkeit« zu zerfallen, wenn er stirbt. Möchte nicht in eine Flasche abgefüllt werden. Hat Angst, »mißbraucht« zu werden. Doch von alledem ein andermal mehr ...

»Es macht Spaß«, wie Reichel zu sagen pflegte. Aber es wird spät. Heute Nacht will ich mit den Sternen, den Symbolen, den Flüssigkeiten und den Träumen einer anderen Epoche schlafen. *Je me griserai avec les paroles des poètes maudits. Vive la magie! Vive le magisme! Bonne nuit!*

NACHSCHRIFT

Nachdem ich einen Bissen Ingwer aus Hongkong gegessen, nachdem ich die Glasscheibe mit Farben vorbereitet, nachdem ich ein Palettenmesser gekauft habe, lasse ich mich zu meiner ersten *gouache* nieder. Von nun an werde ich für mich selber malen – meine eigenen Wände dekorieren.

Doch zuerst eine Coda zu der Picasso-Angelegenheit. Eben während er die Injektionen bekam, ließ sich Picasso, der jetzt ernstlich zu malen begonnen hatte, auf die Nachtarbeit ein. Am Morgen fanden seine Freunde die Bilder auf dem Fußboden liegen.

Das ist's! *Das Nachtleben!*

»bien entendu« – selbstverständlich.

»Que Ma ...« – »Damit mir die Freude bleibe!«

»Qui net sent ...« – Wer nicht die scharfe Bombe und den komprimierten Taumel fühlt, verdient nicht zu leben. Das ist der Balsam, den zu verkünden sich der arme van Gogh im Flammenkelch zur Pflicht machte.
Für eine Menschheit von feigen Affen und von nassen Hunden wird die Malerei van Goghs die einer Zeit gewesen sein, in der es keine Seele gab, keinen Geist, kein Gewissen, keinen Gedanken, nichts als Grundbestandteile, die immer wieder verknüpft und gelöst wurden.
So ist van Gogh als Selbstmörder gestorben, weil ihn kein Zusammenspiel des Gesamtbewußtseins mehr stützen konnte. Und er hatte recht, van Gogh, man kann für das Unendliche leben, nur am Unendlichen Genüge finden, es gibt genügend Unendliches auf Erden und in den Sphären, um tausend große Genien zu sättigen, und wenn van Gogh seinen Wunsch, sein ganzes Leben auszustrahlen, nicht erfüllen konnte, so deshalb, weil es ihm die Gesellschaft verwehrt hat. Deutlich und bewußt verwehrt. Es gab eines Tages die Scharfrichter van Goghs, wie es diejenigen Gérard de Nervals, Baudelaires, Edgar Poes, Lautréamonts gab. Diejenigen, die ihm eines Tages sagten: und jetzt reicht es, van Gogh, ins Grab, wir haben genug von deinem Genie, was das Unendliche betrifft, es ist für uns das Unendliche.

»avec ou sans oreilles« – mit oder ohne Ohren.

»drôle de titre . . .« – ulkiger Titel! Wenn er sich anschickt zu weinen, das ist großartig! Das ist ein Mensch, was!!!

»Monsieur Tel et Tel« – Herr sowieso.

»Souffrance« – »Leiden«.

»Ecoutez, monsieur . . .« – »Hören Sie, mein Herr . . . ich bin nur ein Ignorant, ein verfluchter Schweinehändler, aber ich habe gelebt . . . ich habe meine Lebenserfahrungen . . . ich habe gelitten. Das Leben eines Künstlers, besonders das Leben eines Malers, ist nichts als ein Kreuzweg. Was Sie mir sagen, mein Herr, berührt mich tief. Ich bitte um Entschuldigung dafür, ein Werk kritisiert zu haben, das wahrscheinlich mein Verständnis übersteigt. Ich, ich bin nur ein Amateur. Ich liebe die Aquarelle. Ich hebe sie mir einfach wegen des Vergnügens auf, sie zu betrachten. Das ist merkwürdig, aber es ist die Wahrheit. Wenn Sie Zeit haben, mein Herr, lade ich Sie ein, mit mir zu kommen, damit ich Ihnen meine kleine Sammlung zeigen kann.«

»Monsieur Asselin . . .« – Monsieur Asselin, einem Maler, den ich nicht kenne. Es lebe Monsieur Asselin! Es lebe das Aquarell! Es leben die Schweinehändler! Eines schönen Tags kann das Aquarell, selbst das eines Unbekannten, die Paradiesespforten öffnen. Es lebe die Seine, und der Lastkahn, der unter den Brücken hindurchfährt! Es lebe der Baum ohne Blätter oder mit Blättern! Es lebe die Sonne! Es lebe Asselin!

»L'aquarelle ...« – »Das Aquarell? Ja, ja, man hat es mir gegeben. Ja.« Und das war alles!

»vieux con ...« – alte Fotze, eine Schlampe, einen Kohlkopf, eine Onaniererin, eine Protzerin, ein blödes Vieh.

»carrefour« – Wegkreuzung.

»Mieux vaut ...« – Besser ein Schweinehändler. Wenn ich auch kein Asselin bin, so bin ich ein Henry Miller. Ich habe ein Herz, verdammt. Ich bin ein empfindsamer Mensch. Es ist ein verfluchtes Leben, dieses heilige Leben eines Malers ...

»copain ...« – Kamerad

»floraison« – Blütezeit.

»c'est toute ...« – das ist eine ganze Geschichte.

»le philosophe inconnu« – der unbekannte Philosoph.

»Pourquois pas?« – Warum nicht?

»Je me griserai« – Ich werde mich an den Worten der poètes maudits berauschen. Es lebe die Magie! Es lebe das Magiertum! Gute Nacht!

VORWORT ZU

»Der Engel ist mein Wasserzeichen«

Ich werde oft gefragt: wenn Sie Ihr Leben nochmals von vorn anfangen könnten, würden Sie dann dies oder jenes anders machen? Gemeint ist, ob ich die gleichen Fehler nochmals machen würde. Was *les amours* angeht, kann ich darauf nicht antworten, aber hinsichtlich *les aquarelles, oui.* Beim Malen mit Wasserfarben habe ich nämlich etwas sehr Wichtiges gelernt: Keine Angst haben und nicht alles so tragisch nehmen. Ich glaube, es war Picasso, der gesagt hat: »Nicht jedes Bild muß ein Meisterwerk sein.« Stimmt genau. Auf das Malen kommt es an. Darauf, tagtäglich zu malen. Nicht darauf, Meisterwerke hervorzubringen. Selbst der Schöpfer hat diese Erfahrung machen müssen. Bestimmt hat er gemerkt, daß ihm die Erschaffung des Menschen künftig erhebliche Kopfzerbrechen bereiten würde.

Der Mensch, der auch gern Schöpfer spielt, erfährt im Reifen, oder wenn Sie so wollen, in der Selbstverwirklichung, daß die schöpferische Tat nicht alles ist. Nach und nach wird ihm klar, daß er nicht notwendigerweise zu malen oder mit Worten zu schildern braucht, was ihn umgibt. Er lernt, die Dinge in Ruhe zu lassen. Wenn er nur aufmerksam genug hinschaut, wird alles, womit er in Berührung kommt, so etwas wie ein Meisterwerk. Wozu es noch verbessern. Warum so viel Aufhebens davon machen? Genießen, was man sieht, das genügt vollkommen. Ein Mensch, der das kann, ist der vollkommene Künstler. Sein schöpferisches Verdienst liegt im Geltenlassen

und Anerkennen dessen, was geschaffen wurde und was sowieso immer über seinen beschränkten Horizont hinausgehen wird.
Wir anderen, die wir unseren Namen unter alles setzen müssen, was wir hervorbringen, sind schlicht Lehrlinge. Zauberlehrlinge. Wir tun, als brächten wir anderen bei, wie sie sehen, hören, schmecken oder empfinden sollen und füttern in Wahrheit doch nur unser Ego. Wir brächten es nicht fertig, anonym zu bleiben, wie einst die Erbauer der großen Kathedralen. Wir wollen unseren Namen in Leuchtschrift sehen. Und es fällt uns nicht ein, die Bezahlung für unsere Leistung auszuschlagen. Selbst wenn wir nichts mehr zu sagen haben, schreiben, malen, singen, tanzen wir weiter und schielen dabei dauernd nach dem Publikum.
Und da erscheinen nun meine schön reproduzierten Aquarelle in einem schmucken Band und obendrauf steht mit großen Buchstaben mein Name. Schon wieder ein Sünder. Schon wieder ein Ego. Und es macht mir auch noch eine Riesenfreude, ich gestehe es. So scheinheilig bin ich nicht, zu sagen: Hoffentlich macht es Ihnen Freude. Für mich zählt nur, daß nach circa zwanzig Jahren meine Träume endlich Gestalt angenommen haben. Ich hatte zwar gehofft, man würde etwa fünfzig oder gar hundert meiner Aquarelle zu einem Band zusammenfassen, statt nur ein Dutzend, aber das Sprichwort besagt: »Lieber eine Laus im Kohl als gar kein Fleisch.«
Das Beste bei der Sache ist, daß ich nicht zu warten brauche, bis ich tot bin. Ich kann meine Aquarelle noch hienieden – *ici-bas* – betrachten – mit den Augen des Sünders, des Tunichtguts, des Bösewichts, statt mit denen des

Engels oder Geistes. Das ist schon etwas. Wenn ich sie mir so zwischen zwei Buchdeckeln besehe, wie Ausstellungsstücke in einer Galerie, kann ich sie mir sozusagen posthum ansehen und dabei vielleicht so etwas wie wahre Demut lernen.

Eines ist sicher: jetzt, da sich dieser Wunschtraum erfüllt hat, werde ich meine künftige Malerei mehr genießen. Mich verlangt nicht danach, ein hervorragender Maler zu werden. Mit zunehmendem Alter entwickle ich immer weniger Ehrgeiz. Ich will einfach weitermalen immer mehr und mehr, wenn schon nicht besser und besser, obwohl das möglicherweise eine Sünde wider den Heiligen Geist ist. Auch das ist paradox im Leben: Je näher man dem Grabe kommt, desto mehr Zeit hat man übrig. Nichts hat mehr die schwerwiegende Bedeutung von einst. Ich kann mich jetzt weit nach rechts oder links neigen, ohne umzukippen. Ich kann sogar vom Kurs abweichen, wenn es mir paßt, denn mein Ziel steht nicht mehr fest. Wie bei den herrlichen Landstreichern im »Warten auf Godot«, die immer wieder sagen:

On y va?
Oui

Und dabei rührt sich keiner von der Stelle.

Ich weiß natürlich sehr wohl, daß solche Vagabunden-Gedanken – und -bemerkungen kaum der teutonischen Tradition entstammen. Doch auch amerikanisch sind sie nicht, soweit ich das beurteilen kann. Macht es nicht trotzdem Spaß, derartigen Unsinn zu lesen? Selbst wenn es blöd klingt, was ich sage, – wenn schon! Wenigstens weiß man, wo ich stehe. Und Sie, lieber Leser? Stehen Sie auf festem Boden? Dann beweisen Sie es!

Vor langer Zeit – *il y a des siècles il me semble* –, als ich mich damit amüsierte, »Schwarzer Frühling« zu schreiben, fand ich es bereits ergötzlich, daß die Welt ringsumher zugrundeging. Eigentlich war ich davon überzeugt gewesen, seit ich alt genug war, selbständig zu denken. Doch dann stieß ich eines Tages auf Oswald Spengler. Er bestärkte mich in meiner Überzeugung. (Und es machte mir solche Freude, ihn, d. h. den *Untergang des Abendlandes* zu lesen; es gab mir offengestanden mehr Auftrieb als die Bhagavadgita. Geradezu aufgepulvert hat es mich.) Ich besaß auch nicht die Unverfrorenheit, mit Rimbaud zu sagen: *Moi je suis intact.* Mir war es egal, ob ich intakt war oder kaputtging. Ich war Zuschauer bei einem Schauspiel: dem Zusammenbruch unserer Zivilisation. Heute geht der Zerfall der Kultur dank unserer fortgeschrittenen Technik und Rationalisierung noch schneller vor sich. Man braucht nicht mehr zum Revolver zu greifen. Wir haben die Wahl unter allen möglichen Spielzeugen von garantiert zerstörerischer Brisanz. Heute schreibt jeder Mensch über das bevorstehende Ende, selbst die Schulkinder. Einigen macht das sogar einen Heidenspaß. Aber glücklicher ist deshalb niemand. Ist Ihnen das schon einmal aufgefallen?
Für die wenigen Jahre, Monate oder Wochen, die uns noch bleiben, möchte ich empfehlen, die Zeit vergnüglich zu verpissen. Zum Beispiel mit Aquarellmalen. Wenn Sie das noch nie getan haben, versuchen Sie es. Sie brauchen Ihre Arbeiten nicht zu signieren: überdauern wird ohnehin nichts, ganz gleich, wessen Name daruntersteht. Malen Sie ein Aquarell nach dem anderen, kümmern Sie sich nicht darum, ob es Meisterwerke werden. Nero hat während

des Brandes von Rom auf seiner Geige herumgekratzt. Aquarellmalen macht viel mehr Spaß. Sie stören damit niemanden, fallen nicht unangenehm auf und arbeiten nicht dem Feind in die Hände. (Es gibt ohnehin keinen Feind außer dem Menschen selbst.) Und wenn Sie sich abends zur Ruhe begeben, werden Sie friedlicher schlafen, vielleicht sogar feststellen, daß Ihr Appetit sich hebt. Und daß Sie mehr Geschmack am Sündigen finden – es mehr genießen, meine ich.

Was ich auf meine beiläufige Art ausdrücken will: Wer im Guten wie im Bösen am wenigsten Wind macht, tut mehr für die Rettung der Welt – wie weit lohnt sich die Rettung überhaupt, haben Sie darüber schon einmal nachgedacht? – als diejenigen, die uns herumkommandieren in dem Wahn, sie wüßten das Mittel gegen all unsere Nöte. Widmen Sie sich etwas so Einfachem und Harmlosem wie der Malerei mit Wasserfarben, dann ist das Gefühl, in einer übergeschnappten Welt zu leben, weniger quälend. Ob man nun Blumen, Sterne, Pferde oder Engel malt, man lernt Respekt und Ehrfurcht vor den Elementen, aus denen das Universum sich zusammensetzt. Man sieht in Blumen keine Freunde, in Sternen keine Feinde, in Pferden keine Kommunisten und in Engeln keine Faschisten. Man nimmt sie hin als das, was sie sind, und lobt Gott, weil sie sind, wie sie sind. Man hört auf, die Welt, ja auch sich selbst verbessern zu wollen. Man lernt, nicht das zu sehen, was man sehen möchte, sondern das, was ist. Und das ist gewöhnlich tausendmal besser als das, was sein könnte oder sein sollte. Wenn wir aufhören, an der Welt herumzudoktern, werden wir vielleicht merken, daß sie ein weit besserer Aufenthaltsort ist, als wir annahmen.

Schließlich haben wir nur diesen einen. Ob uns die Welt noch ein paar Wochen oder ein paar Millionen Jahre länger gehört – wir werden nie dahin kommen, sie zu kennen, immer nur dahin, sie zu genießen, zu bewundern und zu lieben, so wie sie ist. Am Ende wie am Anfang steht das Wort Geheimnis. Dies Geheimnis keimt oder gedeiht im kleinsten Teilchen des Universums. Es kommt nicht darauf an, wie groß oder weit entfernt, wie erhaben oder entlegen es ist. Alles hängt davon ab, wie man die Welt auffaßt.

Mit jedem Kunstwerk, das entsteht, erneuert sich die ewige Frage: »Steckt nicht mehr dahinter, als was wir sehen?« Die Antwort lautet selbstverständlich: Ja. Noch im armseligsten Gegenstand finden wir, was wir suchen, sei es nun Schönheit, Wahrheit, Wirklichkeit oder das Göttliche. Der Künstler bringt diese Eigenschaften nicht hervor, er ent-deckt sie, er deckt sie auf während des Arbeitsprozesses. Hat er die wahre Natur seiner Rolle erst einmal begriffen, so darf er – ohne Gefahr zu sündigen – weitermalen, denn nun weiß er, daß Malen und Nichtmalen auf das Gleiche hinausläuft. Schließlich singt man ja auch nicht, weil man eines Tages auf der Opernbühne stehen will; man singt, weil die Freude einem die Brust sprengt. So schön es ist, eine großartige Aufführung zu hören, noch schöner ist es, auf der Straße einen vergnügten Landstreicher zu sehen, der das Singen so wenig unterdrücken kann wie das Atemholen. Und der keinerlei Lohn für seine Leistung erwartet. Leistung! Das Wort ist für ihn sinnlos. Man kann niemanden dafür bezahlen, daß er Freude ausstrahlt.

Darum, ob die Welt nun kaputtgeht oder nicht, ob Sie auf Seiten der Engel oder Satans stehen, nehmen Sie das Leben hin als das, was es ist, amüsieren Sie sich, verbreiten Sie Freude und Aufruhr.

Wenn man achtzig wird

Wenn du mit achtzig Jahren weder Krüppel noch Invalide bist, dich noch bester Gesundheit erfreust, einen weiten Spaziergang und ein gutes Essen (mit allem Drum und Dran) noch zu schätzen weißt, wenn du noch schlafen kannst, ohne vorher eine Pille zu schlucken, wenn Vögel und Blumen, Berge und Meer dich noch begeistern können, bist du ein Glückspilz und solltest dem lieben Gott morgens und abends auf den Knien danken, daß er dich behütet und bewahrt hat. Bist du jedoch jung an Jahren, geistig aber bereits erschlafft und wirst zunehmend zum Roboter, so täte es dir gut, zu deinem Chef – selbstverständlich nur ganz leise – zu sagen: »Jack, du kannst mich mal, schließlich gehöre ich dir nicht!«

Wenn du die Leute noch verscheißern kannst, wenn sich angesichts eines appetitlichen Popos oder eines runden Busens bei dir noch etwas rührt, wenn du dich immer wieder neu verliebst, wenn du deinen Eltern verzeihst, daß sie dich auf die Welt gebracht haben, wenn du gelernt hast, jeden Tag hinzunehmen, wie er kommt, ohne etwas erreichen zu wollen, wenn du vergeben und vergessen kannst, ohne dabei sauer, grämlich oder zynisch zu werden – Mann, dann hast du es so gut wie geschafft!

Es kommt nämlich auf die kleinen Dinge im Leben an, und nicht auf Ruhm, Erfolg und Reichtum. Ganz oben ist wenig Platz, ganz unten aber gibt es massenhaft Leute wie dich, dort herrscht kein Gedränge und Getrieze. Glaub doch ja nicht, das Leben eines Genies sei glücklich! Weit gefehlt! Sei dankbar, daß du ein Niemand bist!

Wenn du – wie von mir behauptet wird – eine erfolgreiche Karriere hinter dir hast, werden die letzten Jahre deines Lebens vielleicht nicht die glücklichsten sein. (Es sei denn, du hättest gelernt, den eigenen Dreck zu schlukken.) Zeitlich gesehen ist Erfolg die Pest für einen Schriftsteller, der noch etwas zu sagen hat. Jetzt, da er gern ein bißchen freie Zeit hätte, ist er eingespannter als je vorher. Jetzt wird er ein Opfer seiner Anhänger und Bewunderer, die seinen Namen ausnützen. Diesmal geht sein Kampf um etwas anderes. Diesmal heißt das Problem: wie bewahrt man sich die Freiheit, nur noch das zu tun, wozu man Lust hat.

Und trotz aller Weltkenntnis, die man aus seinen Erfahrungen gewonnen hat, trotz einer brauchbaren Alltagsphilosophie, die man sich zugelegt hat: man kommt einfach nicht um die Erkenntnis herum, daß die Dummen noch dümmer, die Langweiligen noch langweiliger geworden sind. Von den Freunden, oder den Großen dieser Welt, die man verehrt, holt einen nach dem anderen der Tod. Je älter man wird, desto rascher sterben sie einem weg. Schließlich steht man allein da. Man beobachtet, wie die eigenen Kinder und Kindeskinder die gleichen dummen, manchmal herzzerreißenden Fehler machen, die man selbst in ihrem Alter gemacht hat. Und man kann nichts sagen, nichts tun, um es zu verhindern. Gerade an den Jungen sieht man endlich, was für ein Idiot man war – vielleicht sogar noch ist.

Eines wird immer klarer: Der Mensch ändert sich im Wesentlichen nicht. Von seltenen Ausnahmen abgesehen entwickelt sich keiner mit den Jahren. Eiche bleibt immer Eiche, Schwein bleibt Schwein und Trottel bleibt Trottel.

Und anstatt sie zu bessern, läßt Erfolg ihre Schwächen und Fehler nur noch intensiver hervortreten. Der Klassenprimus von einst erweist sich draußen im Leben als keineswegs so tüchtig. Und hat man ein paar Mitschüler nicht leiden können und sie verachtet, wird man sie später noch weniger leiden können, wenn sie erst Bankmagnaten, Staatsmänner oder Fünf-Sterne-Generäle geworden sind. Das Leben zwingt uns zwar, ein paar Lehren zu beherzigen, jedoch nicht, über uns hinauszuwachsen. Mir fallen auf Anhieb nur ein Dutzend Menschen ein, die ihre Lektion im Leben gelernt haben, und die wird kaum jemand auch nur dem Namen nach kennen.

Die Welt im allgemeinen hat sich seit meinem achten Lebensjahr nicht nur nicht verbessert – sie hat sich tausendmal verschlimmert. Ein berühmter Schriftsteller hat das einmal in die Worte gefaßt: »Die Vergangenheit erscheint mir schrecklich, die Gegenwart grau und trostlos und die Zukunft einfach grauenvoll.«*

Zum Glück teile ich seinen freudlosen Standpunkt nicht. Um die Zukunft mache ich mir keinerlei Sorgen. Aus der Vergangenheit, ob sie nun gut oder schlecht war, habe ich das Möglichste herausgeholt. Was mir an Zukunft noch bleibt, ist von dieser Vergangenheit bestimmt. Über die Zukunft der *Welt* mögen Philosophen und Propheten sich den Kopf zerbrechen. Im Grunde gehört uns immer nur die Gegenwart, und sie zu leben verstehen die wenigsten. Ich bin weder Pessimist noch Optimist. Für mich ist die Welt nicht nur gut oder nur schlecht, sondern beides, je nach dem Standpunkt.

* Jovis Karl Huysmans, *Gegen den Strich.*

Ich bin, glaube ich, mit achtzig ein viel vergnügterer Mensch, als ich es mit zwanzig oder dreißig war. Auf keinen Fall wäre ich gern nochmals Teenager. Die Jugend ist zwar etwas Herrliches, aber sie durchzumachen ein recht schmerzhafter Prozeß. Außerdem ist, was man Jugend nennt, meiner Meinung nach gar keine Jugend, sondern eine Art vorzeitiges Alter.

Zu meinem Pech (oder auch Glück) dauerte meine Entwicklung sehr lange, und ich wurde erst mit über dreißig einigermaßen erwachsen. Und erst über vierzig fing ich an, mich wirklich jung zu fühlen. Erst dann war ich reif dafür. (Picasso hat einmal geäußert: Erst mit sechzig beginnt man jung zu sein, doch dann ist es zu spät.) Zu diesem Zeitpunkt hatte ich zwar schon viele Illusionen eingebüßt, zum Glück aber weder meine Begeisterungsfähigkeit, noch meine Lebensfreude, noch meine unersättliche Neugier auf alles und jedes, die mich zu dem Schriftsteller gemacht hat, der ich bin. Sie hat mich noch immer nicht verlassen. Selbst der ärgste Langweiler kann mich fesseln, wenn ich gerade in Stimmung bin, ihm zuzuhören.

Zu dieser Eigenschaft kommt noch eine andere, die ich über alles schätze: die Fähigkeit zu staunen. So sehr auch meine Welt sich verkleinert, ich kann mir nicht vorstellen, daß mir nichts mehr zum Staunen bleibt. In gewisser Hinsicht könnte man das meine Religion nennen. Ich frage nicht, wie es zu der Schöpfung gekommen ist, in der wir herumplätschern, ich will sie nur erfassen und genießen. Ich schimpfe zwar noch auf unsere Lebensbedingungen, aber ich glaube nicht mehr, sie ändern zu können. Vielleicht noch meine eigene Lage, aber nicht die der anderen. Ich sehe auch niemanden in Vergangenheit oder Gegen-

wart, und sei er noch so bedeutend, der fähig gewesen wäre *la condition humaine* wirklich zu ändern.
Die meisten Menschen, die ans Altern denken, fürchten sich vor der Unmöglichkeit, neue Freundschaften zu schließen. Hat man jemals das Talent besessen, Freunde zu gewinnen, so verliert man es nicht, egal, wie alt man wird. Außer der Liebe ist die Freundschaft wohl das Wertvollste, was das Leben uns zu bieten hat. Mir ist es nie schwergefallen, Freundschaften zu schließen, daß ich sie so leicht schloß, wurde manchmal sogar lästig. Es gibt ein Sprichwort: »Sage mir, mit wem du umgehst und ich werde dir sagen, wer du bist.« Ich frage mich oft, ob das stimmt. Ich war mein Leben lang mit Menschen aus ganz verschiedenen Milieus befreundet. Ich hatte und habe Freunde, die gar nichts Besonderes sind und gerade sie gehören zu meinen besten. Ich war mit Kriminellen befreundet und mit den vielgeschmähten Reichen. Meine Freunde haben mich am Leben erhalten, mir Mut gemacht, weiterzukämpfen, und mich dabei oft bis zu Tränen gelangweilt. Auf eins habe ich bei allen Freunden – ungeachtet ihrer Herkunft oder Stellung – immer bestanden: ihnen gegenüber die reine Wahrheit sagen zu dürfen. Wenn ich mich vor einem Freund nicht frei und offen äußern kann, oder er nicht vor mir, lasse ich ihn fallen. Freundschaft mit Frauen halten zu können, insbesondere mit der Frau, die man liebt, ist für mich das Höchste, das man erreichen kann. Liebe und Freundschaft gehen selten Hand in Hand. Es ist viel leichter, mit einem Mann befreundet zu sein als mit einer Frau, besonders wenn sie reizvoll ist. Ich habe im Leben nur wenige Paare gekannt, die nicht nur Liebesleute, sondern darüber hinaus auch noch Freunde waren.

Das Tröstlichste am anmutigen Altern ist wohl die wachsende Fähigkeit, die Dinge nicht mehr so tragisch zu nehmen. Mit der größte Unterschied zwischen dem echten Weisen und dem Moralprediger ist die Fröhlichkeit. Wenn der Weise lacht, lacht er aus vollem Halse, wenn ein Tugendbold lacht, was nur zu selten geschieht, zieht er nur ein schiefes Maul und ist wütend. Der echte Weise, ja selbst der Heilige schert sich nicht um Moralbegriffe. Über solche Erwägungen ist er hinaus. Er ist ein freier Geist.

Meine Ideale, die ich gewöhnlich verleugne, haben sich mit zunehmendem Alter entschieden verändert. Jetzt ist es mein Ideal, frei zu sein, frei von Idealen, Prinzipien und Ideologien. Ich will im Meer des Lebens treiben wie der Fisch im Wasser. Als junger Mensch machte ich mir große Sorgen über die Zukunft der Welt, heute lamentiere ich zwar noch tüchtig, beschränke mich dabei aber auf Klagen über die allgemeine Lage. Das mag überheblich klingen, bedeutet aber eigentlich, daß ich bescheidener und mir über meine Grenzen – und die meiner Mitmenschen – klarer geworden bin. Ich versuche nicht mehr, jemanden zu kurieren, ihn zu meinem Standpunkt zu bekehren. Ich fühle mich ihm auch nicht mehr überlegen, nur weil es ihm offensichtlich an Verstand fehlt. Gegen Böses läßt sich ankämpfen, gegen Dummheit ist man machtlos. Ich glaube, der Idealzustand für die Menschheit wäre ein Leben in Frieden und brüderlicher Liebe, aber ich gestehe, daß ich keinen Weg dorthin sehe. Ich habe die harte Tatsache akzeptiert, daß der Mensch sich schlimmer aufführt als jedes Tier. Das Ironische, ja Tragische daran ist, daß er seine Dummheit aus Beweggründen begeht, die er für die lautersten hält. Kein Tier rechtfertigt sich dafür, daß es die

Beute schlägt, das Tier Mensch jedoch erfleht Gottes Segen, ehe es seine Artgenossen massakriert. Der Mensch vergißt, daß Gott nicht *mit* ihm, sondern nur *bei* ihm ist.

Ich lese zwar noch immer viel, entwickle aber eine zunehmende Bücherscheu. Früher holte ich mir in Büchern Rat und Belehrung, heute lese ich in erster Linie zu meinem Vergnügen. Ich kann Bücher und ihre Autoren nicht mehr so ernst nehmen wie früher. Schon gar nicht Bücher sogenannter Denker. Solche Lektüre langweilt mich heute tödlich. Nehme ich wirklich einmal so etwas wie »ernsthafte Literatur« in Angriff, dann eher, um mich darin bestätigt zu sehen, als um mich zu unterrichten. Die Kunst mag Therapie sein, wie Nietzsche behauptet, doch sie ist es nur indirekt. Wir alle brauchen Anregung und Inspiration, doch die bekommt man auf die verschiedenste Art. Oft auf eine Art, die einen Moralisten schockieren würde. Wie man es auch anstellt, es bleibt ein Balanceakt.

Ich habe sehr wenige Freunde und Bekannte etwa in meinem Alter. Obwohl ich mich sonst in Gesellschaft älterer Menschen unbehaglich fühle, empfinde ich größten Respekt und höchste Bewunderung für zwei uralte Männer, die ewig jung und schöpferisch zu bleiben scheinen. Ich meine Pablo Casals und Pablo Picasso, die heute beide über neunzig sind. Solch jugendliche Neunziger beschämen manchen Jugendlichen. Wirklich gebrechlich, geradezu lebende Leichname sind die Spießer mittleren Alters, die in ihrem bequemen Fahrwasser auf Grund gelaufen sind und nun entweder meinen, der Status quo würde ewig weitergehen, oder sich so davor fürchten, er könnte aufhören, daß sie sich in ihren geistigen Luftschutzbunker verkriechen und dort alles weitere abwarten.

Ich habe nie einer Organisation angehört, ob nun einer religiösen, politischen oder sonstigen. Ich bin auch nie im Leben zur Wahl gegangen. Schon als Junge war ich philosophischer Anarchist. Ich bin ein freiwillig Verbannter, der überall zu Hause ist, nur nicht zu Hause. Als Junge hatte ich mehrere Idole, und auch heute mit achtzig habe ich noch welche. Die Fähigkeit, jemanden zu verehren, ohne unbedingt in seine Fußstapfen zu treten, scheint mir sehr wichtig. Noch wichtiger, einen Meister zu haben. Die Frage ist: wo findet man ihn. Gewöhnlich ist einer in allernächster Nähe – und wir erkennen ihn nicht. Außerdem habe ich die Erfahrung gemacht, daß man oft von einem Kind mehr lernen kann als von einem anerkannten Lehrer.

Der wahre Lehrer zählt für mich zu den Weisen und Propheten. Leider sind wir unfähig, solche Wundertiere zu züchten. Was man so Bildung nennt, scheint mir der größte Blödsinn und jeder geistigen Entwicklung abträglich. Trotz all der sozialen und politischen Umwälzungen, die wir hinter uns gebracht haben, bleiben die in der gesamten zivilisierten Welt genehmigten Erziehungsmethoden meiner Meinung nach antiquiert und verdummend. Sie tragen dazu bei, daß die uns verkrüppelnden Mißstände ewig fortdauern. William Blake hat gesagt: »Die grimmen Tiger sind weiser als die belehrenden Gäule.« Ich habe in der Schule nichts Wertvolles gelernt. Ich glaube, ich würde heute noch in keinem einzigen Fach die Mittelschulprüfung bestehen. Ich habe von Narren und Nullen mehr gelernt als von Professoren ihres Fachs. Das Leben ist der Lehrer, nicht die Schulbehörde. Es klingt komisch, aber ich bin fast einer Meinung mit dem elenden

Nazi, der gesagt hat: »Wenn ich das Wort ›Kultur‹ höre, greife ich zum Revolver.«

Für den Sportbetrieb habe ich mich nie interessiert. Es ist mir total schnuppe, wer welchen Rekord bricht. Die Helden des Baseballs, Fußballs, Basketballs sind mir so gut wie unbekannt. Wettkämpfe kann ich nicht leiden. Ich finde, man sollte nicht spielen, um zu siegen, sondern um des Spiels willen, gleich welches es ist. Beim Spiel arbeite ich mich lieber aus als bei Gymnastik. Die aber mache ich lieber allein als in einer Gruppe. Schwimmen, Radeln, ein Spaziergang durch den Wald oder eine Runde Tischtennis sind mir Bewegung genug. Von Liegestütz und Trimm-dich-fit halte ich nichts. Wozu Muskeln ausbilden, die nicht für lebensnotwendige Zwecke benutzt werden? Die verschiedenen Arten der Selbstverteidigung aber sollten schon im frühesten Kindesalter gelehrt werden und wirklich nur der Selbstverteidigung dienen. (Und wenn wirklich der Krieg für künftige Generationen an der Tagesordnung sein sollte, dürfen wir unsere lieben Kleinen nicht länger in den Kindergottesdienst schicken, sondern müssen ihnen beibringen, wie man fachgerecht andere umbringt.)

Ich halte nichts von Reformhauskost und Diät. Wahrscheinlich habe ich mein Leben lang die falschen Sachen gegessen und sie sind mir ausgezeichnet bekommen. Ich esse, um zu genießen. Was ich auch tue, ich tue es in erster Linie zu meinem Vergnügen. Auch von regelmäßigen ärztlichen Kontrolluntersuchungen halte ich nichts. Wenn mir etwas fehlt, möchte ich es lieber nicht wissen, ich würde mir doch nur Sorgen machen und meinen Zustand dadurch verschlimmern. Die Natur heilt unsere Leiden oft

besser, als ein Arzt es kann. Ich glaube nicht, daß es ein Patentrezept für langes Leben gibt. Außerdem: wer will schon hundert werden? Welchen Sinn hat das? Ein kurzes, vergnügtes Leben ist weit besser als eines, das mit Angst, Vorsicht und ärztlicher Überwachung verlängert wird. Trotz aller Fortschritte, die die Medizin im Lauf der Jahre gemacht hat, dürfen wir uns noch immer rühmen, einen Schatz unheilbarer Krankheiten zu haben. Und wenn alles andere versagt hat, tritt der Chirurg auf den Plan, schneidet uns auf und nimmt uns aus – bis auf den letzten Pfennig. Und sowas nennt sich nun Fortschritt.
Was in unserer heutigen Welt schmerzlich fehlt, sind Größe, Schönheit, Liebe, Mitgefühl – und Freiheit. Die Tage der großen Männer, der großen Führer, der großen Denker sind vorbei. Stattdessen brüten wir ein Gezücht von Unholden, Meuchelmördern, Terroristen aus. Gewalt, Grausamkeit, Verlogenheit scheinen ihnen angeboren. Vergegenwärtigt man sich die Namen berühmter Persönlichkeiten der Vergangenheit, Namen wie Perikles, Sokrates, Dante, Abälard, Leonardo da Vinci, Shakespeare, William Blake oder sogar den des verrückten Ludwig II. von Bayern, so vergißt man, daß es selbst in den herrlichsten Zeiten die ungeheuerlichste Armut und Tyrannei, unbeschreibliche Verbrechen, entsetzliche Kriege, Bosheit und Verrat gegeben hat. Gutes und Böses, Häßliches und Schönes, Edles und Niedriges, Hoffnung und Verzweiflung. Warum sollten diese extremen Gegensätze nicht auch in der sogenannten zivilisierten Welt nebeneinander existieren?
Sind wir auch nicht imstande, unsere Lebensbedingungen zu verbessern, zumindest einen schmerzlosen und direkten

Ausweg haben wir anzubieten: die Euthanasie. Warum wird sie den hoffnungslos verelendeten Millionen nicht ermöglicht, die keinerlei Chance haben, nicht einmal auf ein Hundeleben? Wir haben nicht darum gebeten, geboren zu werden; warum verweigert man uns das Recht, abzutreten, wenn es unerträglich wird? Müssen wir denn auf die Atombombe warten, die uns allen gleichzeitig den Garaus macht?

Doch ich will nicht in diesem pessimistischen Ton schließen. Meine Leser wissen es, mein Wahlspruch lautete stets: »Immer froh und heiter!« Deshalb werde ich ja auch nie müde, Rabelais zu zitieren: »Für all eure Übel geb' ich euch Gelächter!« Blicke ich auf mein Leben zurück, in dem sich viel Trauriges ereignet hat, so sehe ich es doch mehr als Komödie denn als Tragödie. Als eine jener Komödien, bei denen man sich schieflacht und dabei spürt, wie einem das Herz bricht. Kann es eine bessere Komödie geben? Ein Mensch, der sich selbst ernst nimmt, ist verloren.

Die Tragödie jedoch, die ein Großteil der Menschheit durchlebt, ist etwas ganz anderes. In ihr sehe ich kein komisches, befreiendes Element. Und wenn ich vom schmerzlosen Ausweg für leidende Millionen spreche, so tue ich das weder als Zyniker noch als jemand, der für die Menchheit keinen Hoffnungsschimmer mehr sieht. Am Leben selber ist nichts auszusetzen. Es ist das Meer, in dem wir treiben. Wir passen uns ihm entweder an, oder wir gehen unter. Doch es steht in unserer Macht als menschliches Wesen, die Wasser des Lebens nicht zu verunreinigen und den Geist, der uns beseelt, nicht zu zerstören.

Es gehört für einen schöpferischen Menschen zum Schwersten, sich jeder Bemühung zu enthalten, die Welt nach seinem Geschmack umzukrempeln und seinen Mitmenschen zu akzeptieren, sei er nun gut, schlecht oder mittelmäßig. Man tut sein Bestes, doch das Beste ist niemals gut genug.

FINIS

Gedanken über den Tod von Mishima

Eigentlich ist es unentschuldbar, daß ich diesen Artikel für japanische Leser schreibe. Ich bin weder ein Kenner Japans, noch jemals im Lande gewesen, wenngleich mehrere Male nahe daran hinzureisen. Meine Frau ist Japanerin; die japanischen Besucher in unserem Haus sind zahlreich; einige Freunde meiner Frau haben sogar längere Zeit bei uns gewohnt. Auch überhäufe ich jeden Japaner, dem ich begegne, Mann oder Frau, mit Fragen über Japan, seine Bevölkerung, seine Sitten, seine Probleme. Zudem bin ich ein Bewunderer der japanischen Filmkunst und schätze die guten japanischen Filme höher als die aller anderen Länder. Mehr als alle anderen Länder der Welt, mit Ausnahme Chinas, interessiert mich gegenwärtig die Entwicklung Japans. Darf ich, bescheiden, hinzufügen, daß Zen mich stärker anspricht als jede andere Lebensauffassung oder Lebensweise.

Meine japanischen Freunde und Besucher gehören den verschiedensten Berufen an – sie sind Schriftsteller, Schauspieler, Filmer, Ingenieure, Architekten, Maler, Sänger, Unterhaltungskünstler, Geschäftsleute, Verleger, Kunstsammler und so weiter. In ihren Ansichten und ihrem Verhalten zeigen sie fast ebenso viele Unterschiede wie ein amerikanischer oder europäischer Bevölkerungsquerschnitt. Dennoch bleibt um die Japaner, das Volk und die Individuen, eine Aura des Mysteriums, der Unergründlichkeit bestehen. Ich verstehe mich und sympathisiere mit ihnen bis zu einem gewissen Grad – mit den Frauen in höherem Grad als mit den Männern –, dann aber finde ich mich nicht mehr zurecht. Was dann geschieht, trifft mich unerwartet; ich weiß es nie vorauszusehen. Wohl gemerkt: dies ist mir nicht unangenehm; es fasziniert mich. Seit jeher liebe ich, was mir fremd ist, den Stimulans, den Schock, die Überraschung.

Als ich von Mishimas dramatischem Tod las, erfüllten mich darum gemischte Gefühle. Ich dachte sowohl an die Widersprüchlichkeit seines Wesens als auch gleichzeitig: wie ausgesprochen japanisch! Vielleicht wurde ich durch das Medium der japanischen Filme vertraut mit der den Japaner auszeichnenden Mischung von Grausamkeit und Zärtlichkeit, Gewalttätigkeit und Friedfertigkeit, Schönheit und Widerwärtigkeit und bin von dieser Mischung bleibend überrascht, betroffen und entzückt. Natürlich findet sich diese Ambiguität nicht nur bei den Japanern. Doch sie tritt bei ihnen, so glaube ich wenigstens, deutlicher und heftiger zutage. Sie erklärt zum Teil ihre hervorragenden Leistungen in allen Künsten, von der Dichtung über die Malerei bis zum Theater. Ästhetische und emotionelle Haltung befinden sich stets in vollkommener Harmonie. Ein Gegenstand des Entsetzens kann auch ein schöner Gegenstand sein: das Monströse und das Ästhetische befehden einander nicht; sie ergänzen einander wie zwei kunstgerecht nebeneinander gesetzte Grundfarben. Einer Frau ist das Herz gebrochen, einer japanischen Frau, meine ich, sie ist zutiefst verzweifelt, vernichtet, mag aber dennoch ein Lächeln zur Schau stellen, wie es nur ein Engel der Barmherzigkeit zustande brächte. Und in den Filmen, die von den einstigen Samurai handeln, werden uns Charaktere vorgestellt, Sieger zumeist, deren Leben dem Schwert geweiht war und doch die gründliche Sinnlosigkeit der Gewalt darzutun vermag.

Jugend, Schönheit, Tod – sind die Themen Mishimas. Wir könnten sie auch seine *Obsessionen* nennen. Themen und Obsessionen, die für die abendländischen Dichter oder doch weigstens für die Romantiker bezeichnend waren. Für diese Dreifaltigkeit kreuzigt er sich, er, ebenso gewiß ein Märtyrer wie die ersten Christen.

Er war ein Fanatiker! So lautet die erste und einfachste Anklage, die der westliche Mensch gegen ihn vorzubringen findet. Aber es gibt Fanatiker verschiedener Couleur. Die Welt ist sich einig darüber, Hitler als Fanatiker zu bezeichnen. Doch auch der heilige Paulus war einer. Ich habe oft gemeint, in mir selbst einen Hang zum Fanatismus zu erkennen: mir würde mit höchster Gewißheit bange, wenn ich in den Besitz diktatorialer Macht gelangte. Manchmal spielte ich mit dem Gedanken, diese totale Macht zu besitzen, Gott zu sein und fragte mich – »Und was tätest du, um die Welt nach deinem Geschmack zu ändern?« Die Frage lähmt mich augenblicklich. Denn ich begreife, daß ich nichts tun würde, da die großartigste Reparatur einem Schöpfungsakt nicht vergleichbar ist.

Nein, ich erkläre Mishimas Selbstmord nicht als eine Folge seines Fanatismus. Wenn er tatsächlich dazu entschlossen oder, wenn Sie wollen, davon besessen war, für was, an was gab er dann sein Leben hin? Weihte er es dem Kult des schönen Körpers, seiner Kunst, der Wiederbelebung des Samurai-Geistes? Sicherlich ihnen allen, zunächst und am meisten jedoch seinem Land, Japan. Er war ein Patriot im strengsten Sinn des Wortes. Er liebte nicht nur sein Land; um es zu retten, war er bereit, alles zu opfern.

Es heißt, er habe seinen aufsehenerregenden Tod monatelang vorbereitet. Wirklich hatte er seit Jahren mit dem Gedanken an den Tod, den Tod von eigener Hand gelebt. Es heißt auch von ihm, er habe in der Blüte seines Lebens, noch mit Schönheit und Körperkraft begabt und auf der Höhe seines Schaffens sterben wollen. Einen armseligen Tod, wie so viele seiner Landsleute, wollte er nicht sterben. Und warum hätte er Zeit und Art seines eigenen Todes nicht wählen sollen? Suchten die alten Griechen und Römer nicht ihre Zuflucht im Freitod, wenn sie von den Freuden und Leiden der Welt genug gekostet hatten? (Doch wie anders war die römische Mode, sich im warmen Bad die Pulsadern aufzuschneiden. Eine Verrichtung ohne Dramatik, ohne Sensation. Man möchte sagen: sie machten sich den Weg vom Leben zum Tode lediglich leichter.)

Es war ein Glück für Mishima, daß er seine Vorstellungen des Todes von eigener Hand mit der höheren Absicht, hierdurch seinem Land zu dienen, verschmelzen konnte. Der Künstler in ihm befand, wie vom Tod am besten Gebrauch zu machen sei. So grauenvoll sein Tod vielen von uns – und seinen eigenen Landsleuten nicht minder – erscheint, es läßt sich nicht leugnen, daß ihm ein Zug von Würde eignete. Man kann nicht behaupten, daß er das Werk eines Wahnsinnigen oder eines auch nur zeitweilig Geistesverwirrten gewesen sei. So schockierend er war, er bewegte uns doch auf ganz andere Weise als der Selbstmord Hemingways, der sich eine Schrotflinte vor den Mund hielt und die Munition in den Kopf jagte.

Da ich Hemingways Namen erwähnte: es berührt seltsam, darüber nachzusinnen, daß Mishima sich so bewußt der westlichen Kultur, westlichem Denken aussetzte und dennoch nicht allein *im* traditionellen japanischen Stil starb, sondern starb, *um* Japans ureigene Traditionen zu erhalten. Ich glaube nicht, daß sein Anliegen lediglich die Restauration der Monarchie oder gar die Wiedereinführung einer japanischen Armee war, ich glaube, daß er vielmehr die Japaner auf die Schönheit und die positive Wirksamkeit ihrer überlieferten Lebensweise aufmerksam machen wollte. Wer in Japan hätte besser als er die Gefahren ahnen können, die dem Lande drohen, da es unseren westlichen Ideen folgt? Inzwischen sollte aller Welt, gleichgültig ob sie Faschisten, Kommunisten oder Demokraten sind, deutlich geworden sein, welches Gift unsere halbgaren Vorstellungen von Fortschritt, Leistung, Sicherheit und so weiter enthalten. Der Preis für all die von der westlichen Welt angebotenen scheinbaren Annehmlichkeiten und vorteilhaften Entwicklungen ist zu hoch. Der Preis ist der Tod, der Tod nicht in kleinen Raten, sondern der Tod auf der ganzen Linie. Der Tod des Individuums, der Tod des Kollektivs, der Tod des ganzen Planeten – dies ist das hinter den einschmeichelnden Worten der Fortschrittsverfechter versteckte Versprechen.

Das Wort Tradition hat für uns Amerikaner geringe Bedeutung. Wir haben keine Tradition oder doch nur die aus Pionierzeiten. Es gibt keine Grenzen mehr; unsere Welt wird täglich kleiner. Die Pioniere, für die da noch Raum ist, sind die bahnbrechenden Geister, und darunter verstehe ich nicht etwa Astronauten. Die wahren Pioniere sind Bilderstürmer; sie bewahren die Überlieferung, nicht jene, die um den Fortbestand der Tradition kämpfen und uns dabei ersticken. Wahrhaft äußern kann sich Tradition nur durch Mut und Herausforderung, nicht durch äußerliche Befolgung und Beibehaltung von Sitten und Bräuchen. Vielleicht irre ich mich, doch ich glaube, daß es Mishimas Absicht war, in diesem Sinn das Brauchtum der Vorfahren wieder einzuführen. Wiedergewinnen wollte er Selbstachtung, echte Brüderlichkeit, Selbstvertrauen, Liebe, die der Natur und nicht dem Nutzen gilt, Vaterlandsliebe, nicht Chauvinismus, den Kaiser als Symbol der Führerschaft, als Gegensatz zur gesichtslosen, gedankenlosen Herde, die den wechselnden ideologischen Ansichten und von politischen Theoretikern jeweils festgesetzten Werten folgt.

Ich weiß, daß ich durch solche Äußerungen den Anschein erwecke, Mishima reinwaschen zu wollen. (Die Anschuldigungen, die gegen ihn vorgebracht wurden, sind mir durchaus bekannt.) Aber weder Mishima zu entschuldigen, noch ihn zu verurteilen ist meine Absicht. Ich bin nicht sein Richter. Ich spreche so, weil Mishimas Tod, Art und Absicht seines Todes mich veranlaßten, Dinge anzuzweifeln, die ich hochschätze oder die mir teuer waren, kurz mein eigenes Bewußtsein einer Prüfung zu unterwerfen. Wenn ich Mishimas Ideen, seine Motive, seine Lebensweise in Zweifel ziehe, stelle ich gleichzeitig meine eigenen in Frage. Ich meine, es ist hohe Zeit, daß die Welt die von ihr behaupteten Werte, Glaubensinhalte, Wahrheiten, generell anzweifelt. Es ist notwendiger denn je in der Geschichte der Menschheit, daß wir alle – Heilige, Sünder, Bettler, Gesetzgeber, Militaristen – uns fragen: *wohin gehen wir?* Können wir uns Einhalt gebieten? Können wir eine Kehrtwendung machen? Können wir die Entwicklungen abschätzen? Oder ist es zu spät?

Einer meiner früheren Helden war der philippinische Rebell Aguinaldo, der, nachdem die Spanier sich ergeben hatten, noch jahrelang den Widerstand gegen die amerikanischen Streitkräfte aufrecht erhielt. Er war, wie Ho Chi Minh, ein echter Führer seines Volkes. Ein anderer meiner Helden war John Brown aus der Geschichte der Stadt Harper's Ferry, der prahlte, mit hundert Männern von seinem Kaliber die U. S. Armee besiegen zu können und dessen Behauptung ich geneigt bin zu glauben. Aguinaldo würde ich nicht als Fanatiker bezeichnen, John Brown dagegen war sicherlich einer. Seine raschen, tollkühnen Streiche, fantastischen Versuche, die Sklaven zu befreien, vollbrachten Wunder. Beide, Aguinaldo und John Brown, hatten sich einer großen Sache verschrieben, und wenn ihr Sieg auch nicht augenfällig war, so war er doch gewiß ein moralischer und geistiger Triumph. Mishimas kleine private Armee hat sich, wie ich höre, bereits aufgelöst, doch seine dramatische Geste, seine Verhöhnung der amtierenden Mächte mag noch weitreichende Folgen haben. »Das Ende ist noch nicht gekommen.«

Meiner Ansicht nach war Mishima zu intelligent, zu intellektuell, zu feinfühlig, schöngeistig, narzißtisch, zu sehr Künstler, um mehr als ein Scheinheer oder eine symbolische Armee organisieren zu können. Ich vermag mir nicht vorzustellen, wie er sich in Schlupfwinkel der Berge zurückzieht, um einen langen Guerillakrieg mit den Streitkräften seines Landes zu unternehmen. Sein Anliegen, so will mir scheinen, war nicht der unmittelbare Sieg über die gegnerischen Kräfte, sein Ziel war vielmehr, den Menschen seines Landes die sie bedrohenden Gefahren bewußt zu machen. Mishima war in ungewöhnlichem Maße Individualist, doch auch ein Mann der Vernunft, des Unterscheidungsvermögens und der Einsicht in die menschlichen Begrenzungen. Er kannte die Macht und Magie der Worte, und kannte die dramatische und symbolische Macht der Tat. Er glaubte an sich und an seine eigene Macht, ging in seinem Glauben aber nicht so weit, das Unmögliche versuchen zu wollen.

Der schwächste Punkt in seinen Bemühungen, die japanische Armee wiederherzustellen, war, für mich, sein Unvermögen zu erkennen, daß Macht korrumpiert, daß dem seiner militärischen Macht beraubten Japan gelang, was, wenn überhaupt, nur wenige Länder ohne solchen vorgeblichen Schutz zu erreichen vermochten. Durch seine Niederlage hat Japan prosperiert. Das Gleiche gilt für Deutschland. Auf den ersten Blick erscheint dies seltsam, fast unglaublich; es ist jedoch ganz einfach. Die militärische Niederlage brachte die Japaner nicht nur wieder zur Vernunft; durch den ihnen aufgezwungenen Frieden waren sie fähig zu tun, worin ihre Eroberer versagten. Ich will in diesem Zusammenhang nur von Amerika sprechen. Man sehe sie sich an, die angebliche allmächtige Nation! Bietet sie nicht ein Bild von Krankheit, Chaos, Aberwitz? Sie führte einen sinnlosen Krieg gegen ein Tausende von Meilen entferntes, kleines Volk – wozu? Um die Unabhängigkeit eines Teils dieses Volks zu bewahren, eines Volks, das uns durch nichts wirklich verbunden oder verwandt ist? Um unsere »Interessen« in Asien zu schützen? Um unser Gesicht zu wahren? Um die Welt für die Demokratie zu sichern? Welche Gründe uns auch bewegen mögen, unser eigenes Land verfällt unterdessen. Städte und Staaten dicht vor dem Bankrott, weitverbreitete

Zwietracht, fehlende Mittel im Erziehungswesen, Millionen am Rande des Verhungerns, schleichender Rassismus, Alkohol und Drogen, die das Leben von Jung und Alt beeinträchtigen, beständige Zunahme der Verbrechen, täglich schwindende Beachtung von Gesetz und Ordnung, hochgradige Verseuchung unserer Bodenschätze, keine Führer, zu denen wir aufblicken könnten ... Die Zahl der uns unablässig bedrohenden Übel hat kein Ende. Und trotzdem erheben wir weiterhin den Anspruch, daß die amerikanische Lebensauffassung die beste, daß unsere Demokratie eine hohe Gabe an die Welt sei und so weiter. Wie töricht, wie unsinnig, wie anmaßend!

Nein, so sehr ich auch davon überzeugt bin, daß Japan, wie jedes andere Land, ein Recht hat auf eigene Land- und Seestreitkräfte, eigene Kernwaffen, eigene Bomben, das komplette Zerstörungsarsenal, so inbrünstig hoffe ich doch, daß es dieser Versuchung nicht erliegen möge. Verhüte Gott, daß das Militär die Leitung übernimmt und abermals das japanische Volk zum Gemetzel führt. Falls es eine Armee geben soll, warum nicht eine Armee der Friedensemissäre, eine Armee starker, entschlossener Männer und Frauen, die sich weigern, Krieg zu führen, die sich nicht fürchten, ohne Schutz, dem Angriff offen und preisgegeben zu leben? Warum nicht eine Armee, die an die Macht des Lebens, nicht des Todes glaubt? Können wir von Japan nicht einen anderen Heldentypus als jenen gehorsamen Märtyrer erhalten, der für das Vaterland, für die Ehre, für diese oder jene Ideologie oder aus gar keinem Grunde tötet und stirbt? Japan steht an einem Scheideweg. Bald wird es die zweit- oder drittgrößte Weltmacht sein. Kann es weiterhin in zunehmendem Maß die

Weltmärkte beherrschen, die Produktion seiner Konkurrenten übertreffen, ohne die Unterstützung einer ungeheuren Streitkraft? *Kann es auf friedliche Weise die Welt erobern?* So lautet meine Frage. Es wurde noch nie getan. Aber es ist möglich.

In einem Aufsatz über Mishima stieß ich auf den Ausdruck: »eine Feuerwerksexplosion: *der Tod*«. Im Gegensatz dazu haben wir jene andere Art von Explosion: *Satori.* Sie unterscheiden sich wie Tag und Nacht, Unwissen und Erleuchtung, Schlaf und Wachen. Trotz allem, was Mishima über den Tod gesagt hat, der Tatsache zum Trotz, daß er seit seinem achtzehnten Jahr eine romantische Sehnsucht nach Selbstvernichtung hegte, schätzte Mishima auch das Lebendigsein im vollen Sinne des Worts, das Wachsein mit jeder Pore und Zelle. Völlige Erkenntnis, Erwachen aus dem Schlaf, in dem wir begraben liegen, war das Ziel der alten Gnostiker – und auch das der Meister des Zen. *»Faites mourir la mort.«*

Mehr denn je zuvor scheint gegenwärtig angenommen zu werden, daß Töten, individuelle oder Massentötung an der Tagesordnung sei. Der Abscheu vor dem Krieg scheint verblaßt; der Krieg wird als unvermeidlich akzeptiert. Der Ausdruck »kalter Krieg« scheint unser Verhalten zu resümieren. Man fragt sich, was eine solche Haltung zu erringen hofft? Den Sieg? Einen Sieg welcher Art? Wenn der Tagesbefehl töten lautet, wer sind dann die hervorragendsten Totschläger – diejenigen, welche die wenigsten töten (und siegen) oder diejenigen, welche die meisten töten? Muß der Feind vernichtet oder besiegt und gedemütigt oder lediglich *hors de combat* gesetzt werden? Und wie sollen wir den Führer beurteilen, der den Befehl gibt, auf jenen Knopf zu drücken, der die Bombe freigibt, die weder Alt noch Jung, noch Verkrüppelte, Geisteskranke, Tiere, Pflanzen, noch die Erde selbst verschont? Ist er ein Held, ein Erlöser, ein Ungeheuer, ein Wahnsinniger oder ein Idiot? Ist es notwendig, jetzt, da wir in technologischer Hinsicht so weit fortgeschritten sind, die Schuldigen und die Unschuldigen zu töten? Und wenn der Gegner von heute der Alliierte von morgen werden soll, welchen Sinn hat es dann, ihn auszuradieren? Oder wenn er lediglich besiegt, in die Knie gezwungen wurde, warum stellt ihn der Sieger auf eigene Kosten wieder auf die Füße? Die Antwort auf diese Scherzfrage kennen wir alle. Wir müssen andere Leute am Leben lassen, damit unsere Leute am Leben bleiben. *Geschäft.* Das ist das heraldische Wahrzeichen der modernen Welt. Irgendeine Logik ist nicht im Spiele. Es ist eine Form des Irrsinns, die Geisteskrankheit der Zivilisation.

Und ist, um den Gesichtspunkt zu wechseln, der Krieger nicht ein Ding der Vergangenheit, nutzlos und lächerlich wie der Dodo? Wenn Mishima in *Sonne und Stahl* schreibt, »Ziel meines Lebens war es, all die verschiedenen Attribute des Kriegers zu erlangen«, wünscht er sie sich als »Dekoration«? Wir wissen, daß er den Samurai-Geist und den Kult des Schwerts bewunderte, doch wozu taugen Schwert und alle Tapferkeit der Militärkaste angesichts einer Waffe wie der Bombe. Wir leben nicht mehr in der Zeit von Richard Löwenherz, der, aus Bewunderung für seinen Gegner, Saladin anbot, ein Mitglied seines eigenen Ordens zu werden. Und da wir vom Schwert und den verschiedenen Schulen des Schwerts sprechen, die es in den Tagen der Samurai gab, was hielt Mishima von der Schule

des Kein Schwert? Wußte er nicht von ihr? Selbst die im Töten ausgebildeten Samurai, die sozusagen nur um zu töten lebten, hatten schließlich erkannt, daß sie ihre Kunst am besten dartaten, wenn sie so lebten, daß sie sich nie in der Lage befanden, sich mit dem Schwert verteidigen zu müssen. Diese Haltung ist meines Erachtens eine Manifestation des einsichtigen Einsatzes von Kraft und Geschick im Gegensatz zum heroischen Einsatz im Sieg durch Tod. Wer will denn überhaupt siegen? Nur die beschränkten, schläulichen, niedrigen Geister. Alle wollen wir wirklich leben, so lang wie möglich, mit ungeschmälerten Fähigkeiten und unvermindertem Appetit für die Freuden des Lebens. Wir werden nicht als Helden, Dichter, Gesetzgeber, Militaristen, Gelehrte, Richter geschaffen; wir haben diese Trennungen der menschlichen Aktivität durch unsere besonderen Weltanschauungen, durch unsere komplizierte Lebensweise selbst geschaffen. Der primitive Mensch, der mehrere tausend Mal länger als wir gelebt hat, bedurfte dieser Mannigfaltigkeit nicht. Auch die Weisesten unter uns brauchten sie nicht. Obgleich sie die Vorbilder sind, übernehmen sie nie die Führung eines Volks. Sie trachten nicht danach, die Welt zu ändern, *sie verändern Welten,* wie der heilige Franziskus seinen allzu eifrigen Schülern eindringlich riet. Mit andern Worten, sie ändern ihren Blickpunkt und nehmen die Welt, wie sie ist, das heißt, verstehen sie, haben Mitgefühl für den Mitmensch, werden Brüder statt Rivalen und Konkurrenten und erheben sich gewiß nie zu Richtern.
Ich frage mich immer wieder – hoffte Mishima wirklich, die Verhaltensweise seiner Landsleute zu ändern? Ich will sagen, erwartete er jemals ernstlich, daß eine fundamen-

tale Änderung, eine echte Emanzipation stattfinden könnte? Ich frage jetzt weder nach Weisheit oder Nichtigkeit seines dramatischen Appells mittels Dolch und Schwert. Sah er, der mit hoher Intelligenz Begabte, denn nicht die Aussichtslosigkeit des Versuchs, den Geist der Massen zu ändern? Bisher hat dieses noch keiner vermocht. Weder Alexander der Große, noch Napoleon, noch der Buddha, noch Jesus, noch Sokrates, noch Marcion, noch irgendein anderer, von dem ich wüßte. Die große Mehrheit der Menschen döst vor sich hin, hat seit Anbeginn ihrer Geschichte vor sich hingedöst und wird aller Wahrscheinlichkeit nach noch immer weiterdösen, wenn die Atombombe ihre letzten Opfer fordert. (Müssen wir uns jedoch auf solch ein dramatisches Ende gefaßt machen? Rotten wir uns nicht rapid auf tausenderlei verschiedene Art aus und sind uns dabei voll bewußt, daß das Ende in Sicht ist?) Nein, man kann die Massen wie Kleinholz, wie Bauern auf dem Schachbrett hin und her schieben, sie zur Raserei aufpeitschen, ihnen ein hemmungsloses Gemetzel – vornehmlich im Namen der Gerechtigkeit – befehlen, aber man kann sie nicht aufwecken, aufrütteln, ihnen gebieten, einsichtsvoll, friedlich und schön zu leben. Es gibt »die Raschen und die Toten«, und es wird sie immer geben. Und Jesus sagt: »Laß die Toten ihre Toten begraben.«
Mishima im Wege stand, so will mir scheinen, sein völliger Ernst. Ich bin versucht zu behaupten, daß diese äußerste Ernsthaftigkeit ein charakteristischer japanischer Zug ist. Nur bei den Meistern des Zen-Buddhismus finde ich einen echten Sinn für Humor. Eine Art Humor, sollte ich hinzufügen, die auch dem westlichen Menschen fremd ist. Verständen wir sie, vermöchten wir sie wirklich zu wür-

digen, so bräche unsere Welt zusammen. Entscheidend ist, daß diese Humorlosigkeit zur Strenge führt.
Selbst bei der Körperkultur, in der er Hervorragendes leistete, entfaltete Mishima tödlichen Ernst und machte sie zum Selbstzweck. Wir haben auch hier in Amerika solche Muskelmänner, Body Builders. Sie stolzieren wie Pfauen über die Badestrände. Sie erziehen ihre Körper dazu, außerordentliche Großtaten zu vollbringen. Bisweilen scheint es, als könnten sie Berge versetzen. Aber versetzen sie irgendwelche Berge? Wozu die verblüffende Muskulatur, die herkulische Stärke, die gottähnliche Vollkommenheit? Damit sie sich, erfüllt von Stolz und Zufriedenheit, im Spiegel betrachten können? Hat dieser Kult des Körpers nicht etwas Weibisches, etwas Lachhaftes? Ich erinnere mich, als Knabe von der kleinen spartanischen Schar gelesen zu haben, die den Engpaß der Thermopylen bis zum letzten Mann verteidigte. In meinem Geschichtenbuch waren Bilder; sie zeigten, wie die Spartaner vor der Schlacht ihre langen Haare kämmten und flochten. Sie sahen schön und verweichlicht aus, wenngleich sie Helden gewesen sein mögen. Das Buch berichtete vom Gefühl der Brüderlichkeit, das zwischen Männern herrschte. Damals kannte ich die volle Bedeutung des Worts noch nicht. Diese Art von Bruderschaft war jedoch von anderem Rang als die vom modernen Athleten und seinesgleichen praktizierte Homosexualität. Es war eine viel umfassendere und tiefere Form der Liebe zwischen Mann und Mann; sie wurde offen und gruppenweise praktiziert, wie es häufig in den religiösen Gruppen von Schwestern und Brüdern der Fall war, die in viel späterer Zeit in Europa und selbst in Amerika zur Blüte kamen.

Bei den Samurai war es zweifellos das Gleiche. Darüber, daß die Schwulitäten, die in den modernen Armeen im Schwange sind, einer anderen Ordnung angehören, ist kein Wort zu verlieren. Ihnen fehlt jede Spur von »melancholischer Größe«.

Den Heroismus, der den Samurai und den Spartanern und auch den Kamikazefliegern eignete, haben heutzutage Männer, die auf anderem als dem militärischen Gebiet wirken, für sich erworben. So scheint es mir wenigstens. Die Welt ist immer weniger an Männern interessiert, die tödliche Missionen unternehmen. Die Eroberung des Mondes, beispielsweise, war eine Mission, die den Geist und die Zusammenarbeit von Hunderten forderte und nicht nur jener, die die Landung tatsächlich ausführten. Sie war zunächst und vor allem eine technische Leistung – ein Triumph der Technik. Ich unterschätze nicht die Tapferkeit der Astronauten: Aber es sollte festgehalten werden, und es wurde immer wieder angemerkt, daß sie in höchstem Maß das waren, was wir als »normale« Individuen bezeichnen. Von heldenhaftem Typus waren sie nicht. Sie befolgten Instruktionen, was an sich bereits ein schwieriges Kunststück war in diesem Fall; von ihnen wurde nicht gefordert, daß sie auf den Barrikaden starben oder wie die Light Brigade gegen den Feind anstürmten oder wie die Kamikazepiloten freiwillig Selbstmord begingen. Ihre Erfolgsaussichten beliefen sich auf fast hundert Prozent. Und ihre Leistungen werden sich für die Menschheit mit der Zeit möglicherweise als wertvoller erweisen als die heroischen Opfer aller Helden und Märtyrer, die für eine Sache oder einen Glauben ihr Leben ließen.

Um zum Thema Humor oder Humorlosigkeit zurückzukehren: wie ich anfänglich sagte, habe ich bei weitem nicht das ganze Werk Mishimas gelesen. Doch in allem bisher Gelesenen entdeckte ich keine Spur von Humor. Aus irgendwelchem seltsamen Grund kann ich nicht umhin, Mishima mit Charles Dickens zu vergleichen, den Dostojewskij so sehr bewunderte, obgleich Welten sie trennten. Welche Überraschung bedeutete es für mich, als ich, vor wenigen Jahren erst, auf G. K. Chestertons Buch über Dickens stieß und mir der Bedeutung des Humors und des Pathos in Dickens Werk inne wurde. Natürlich war kein Schriftsteller besser als Chesterton dazu gerüstet, Dickens Humor zu würdigen. Hier eine Passage vom Ende des ersten Kapitels jenes Buches:

»Der grimme Dichter des Mittelalters schrieb: ›Laßt alle Hoffnung, die ihr mich durchschreitet‹ auf die Tore der Unterwelt. Die emanzipierten Dichter der Gegenwart haben die Inschrift über die Tore zu dieser Welt gesetzt. Doch wenn wir die folgende Geschichte verstehen wollen, müssen wir die apokalyptischen Zeichen löschen und sei es nur für eine Stunde. Wir müssen den Glauben unserer Väter neu erschaffen und sei es auch nur als eine künstlerische Atmosphäre. Sofern Sie ein Pessimist sind, verzichten Sie bei der Lektüre für ein Weilchen auf die Freuden des Pessimismus. Träumen Sie einen närrischen Augenblick lang, das Gras sei grün. Verlernen Sie die finstere Gelehrsamkeit, die Sie für so klar halten; verleugnen Sie das tödliche Wissen, daß Sie zu wissen glauben. Liefern Sie die Zier Ihrer Bildung aus; geben Sie das Kleinod Ihres Stolzes auf; laßt alle Hoffnungslosigkeit, die ihr mich durchschreitet.« G. K. Chesterton, Charles Dickens, London 1906)

Wie sehr erinnert diese Aufforderung Chestertons in mehrerer Hinsicht an die Lehren des Zen! In wenigen Zeilen reißt er die Pfähle ein, die unsere unzulängliche kulturelle Weltanschauung stützen. Zurück zur Menschlichkeit. Zur menschlichen Natur. Werft Eure Brillen fort, Eure Mikroskope und Teleskope, Eure nationalen und religiösen Differenzen, Euer Gelüst nach Macht, Eure sinnlosen Bestrebungen. Geht auf allen vieren und bringt den Ameisen das Abc bei – wenn Ihr könnt. Stellt alles in Frage, aber verliert nie den Sinn für Humor. Das Leben ist keine todernste Angelegenheit, es ist ein tragikomisches Schauspiel. Ihr seid der Schauspieler und seid das Stück. Ihr seid alles, was es da gibt; mehr ist nicht vorhanden, doch auch nicht weniger. So deute ich seine Worte.

Wenn einer von uns es sich zum Ziel setzt, die Welt zu bewegen, was könnten wir Besseres tun als uns den Spiegel vorhalten, damit wir uns so sehen, wie wir sind und über uns und unsere Probleme lachen. Wirkungsvoller als das Schwert der Samurai und der zum *Seppuku* dienende kurze Dolch ist der Swiftsche Humor, der, um ein Argument anzubringen, vor nichts haltmachte. Der Mensch, der Hitler zum Lachen hätte bringen können, hätte möglicherweise Millionen Leben gerettet. Ich spreche aus voller Überzeugung. Die Weltverbesserer, gleichgültig ob Heilige oder Ungeheuer, schaffen mehr Übel als Wohltaten. Louis Armstrong ist ein König, Billy Graham dagegen nichts als ein Prediger unter anderen.

Daß es schwerfällt, den Sinn für Humor in einer Welt zu bewahren, die Atombomben wie Gemüse züchtet, weiß ich. Doch wenn wir mehr Sinn für Humor entwickeln, bestände die Notwendigkeit vielleicht nicht, zu dem schmerzlichen Versuch der Selbstverteidigung durch gegenseitige Vernichtung Zuflucht zu nehmen. Gemäß der Sage soll, als Alexander der Große einem bestimmten indischen Weisen vor ihm zu erscheinen befahl und seine allfällige Ungehorsamkeit mit dem Tode zu bestrafen drohte, der Weise in ein mächtiges wieherndes Gelächter ausgebrochen sein. »*Mich* töten?« rief er. »*Ich bin unzerstörbar.*« Welch bewundernswerter Humor! Weniger Mutbeweis als Ausdruck der Überzeugung und eines heiteren und höchsten Vertrauens in die Macht des Lebens über den Tod.

War es Mishimas ungemeiner Ernst, der ihn im Alter von fünfundvierzig Jahren, einem Alter, in dem viele Schriftsteller erst eigentlich in Schwung kommen, glauben ließ, er habe seine Kräfte erschöpft? Welch ein Unglück: sich zu erschöpfen, ehe die Fähigkeiten wirklich eingesetzt wurden! Über Amerika schrieb ein bekannter französischer Autor (Duhamel) einmal – »*Pourri avant d'être mûri*«. Eine Frucht, mit anderen Worten, die fault, bevor sie reift. Wie anders dagegen ist der Lebensweg Hokusais, Tizians, Michelangelos, Picassos oder des unzerstörbar scheinenden Pablo Casals.

In den letzten Jahren lernte ich mehrere japanische Schriftsteller kennen. Ich war unangenehm betroffen von der Art und Weise, wie sie sich schinden, um ihren Lebensunterhalt zu verdienen oder ihr Ansehen zu wahren. Jeglicher Spieltrieb, den sie einst gehabt haben mögen, scheint verloren oder aufgegeben. Ferner gewann ich den Eindruck, daß die Gesamtheit der japanischen Werktätigen ameisenfleißig arbeiten, daß sie sich im Geldverdienen genannten Wettrennen geradezu umbringen. Wie die

Deutschen, ihre (diesbezüglichen) Ebenbilder, scheinen sie nur zu leben, um zu arbeiten. Und zwischen dem Arbeiten wie die Sklaven und dem Sterben wie die Fliegen liegt nur ein Schritt, ein unvermeidlicher. Man fragt, wozu es käme, sollten die Arbeiter dieser Welt sich jemals vereinigen – zu Utopia oder zum Massenselbstmord. Der Sport, ein Bereich, in dem die Japaner Hervorragendes leisten, ist ihnen nicht Ausdruck des Spieltriebs, sondern der Konkurrenz, des Rekorddenkens, der Massenführung, des Gewinnstrebens wie der Bereich der Industrie. Die alten chinesischen Weisen, die zum Vergnügen Drachen steigen ließen, waren besser beraten, lebten länger, lachten herzhafter und häufiger. Vielleicht hatten sie nicht den Nerv, eine Fliege zu töten, doch sie endeten nicht als Krüppel oder Geistesverwirrte, und sie waren um ihren Nachruhm nicht besorgt.

II.

Das Entsetzen, das ich empfand, als ich von Mishimas dramatischem und grauenvollem Ende erfuhr, wurde verstärkt durch die Erinnerung an einen Vorfall, den ich etwa fünfunddreißig Jahre früher in Paris erlebt hatte. Die Begebenheit kam mir wieder in den Sinn, als ich eines Tages im Wartezimmer eines Arztes saß, zufällig eine Zeitschrift aufnahm (*Life*, glaube ich) und darin Fotografien der auf dem Boden stehenden abgeschlagenen Köpfe Mishimas und seines Kameraden entdeckte. Zweierlei fiel mir sofort auf: erstens, die Köpfe lagen nicht auf der Seite, sondern standen aufrecht; zweitens, einer der Köpfe zeigte eine auffallende Ähnlichkeit mit meinem eigenen, den ich einst, in Scherben freilich, auf dem Boden liegen sehen hatte. Die tatsächliche oder auch nur in meiner Einbildung bestehende Ähnlichkeit zwischen Mishimas Kopf und meinem war erschreckend.

Ich hatte mir immer vorgestellt, ein durch das Schwert abgetrennter Kopf würde vom Rumpf fliegen und über den Boden rollen – niemals jedoch aufrecht zu stehen kommen. Jahre zuvor hatte ich ein Buch mit dem Titel *»Drei Geishas«** gelesen, das eine angeblich wahre Geschichte über »Tsumakichi, die armlose Schöne« enthielt. Es ist eine Geschichte, die zweifellos jede japanische Familie kennt. In der Erzählung kommt der Patron der Geisha-Schule eines Nachts in völliger Geistesverwirrung aus dem Theater, packt ein riesiges Schwert und fängt an, den schlafenden Maikos die Köpfe abzuhacken. Tsumakichi, die unten schläft, wird durch das Geräusch der gleich Kegelkugeln umherrollenden Köpfe geweckt. Erschreckt fährt sie auf und sieht ihren Herrn mit blitzendem Schwert über sich stehen. Ehe sie eine Bewegung tun kann, schneidet er ihr beide Arme ab und entstellt ihr Gesicht. Durch ein Wunder bleibt sie am Leben und wird schließlich eine der berühmtesten Geishas aller Zeiten.

Um auf die Ähnlichkeit der beiden Köpfe zurückzukommen ... 1936 etwa machte eine junge jugoslawische Bildhauerin, Radmila Djonkic, im Atelier einer Freundin in der Villa Seurat eine Porträtbüste von mir. Am Tag, an dem sie ihre Arbeit vollendet hatte – die Tonmasse war noch feucht –, unterhielten ein junger chinesischer Student und ich uns über englische Literatur. Ein- oder zweimal

* Kikon Jamata: Drei Geishas (Three Geishas). New York 1956.

hatte er Shakespeare angeführt, und das veranlaßte mich zur Frage, ob er *Hamlet* überhaupt jemals gelesen habe. Er wiederholte den Namen in fragendem Tonfall, rief dann aber: »O ja, jetzt erinnere ich mich – Sie meinen den Roman von Jack London.« Ich war derartig überrascht, daß ich mit beiden Armen in die Luft fuhr und versehentlich den noch nassen Kopf vom Ständer stieß. Zu meiner Bestürzung zerfiel er in lauter Brocken – und weder Pferde noch Mannen des Königs konnten den armen Humpty Dumpty wieder ganz machen. Glücklicherweise jedoch war tags zuvor eine Aufnahme der Büste gemacht worden. Später wurde diese für den Umschlag meines Buches *Sunday After the War* benutzt. Der Gedanke an den Kopf, der, meines Erachtens, sehr ähnlich getroffen war, hatte mich immer verfolgt. Stellen Sie sich mein Erstaunen und mein Entsetzen vor, als ich ihn in Gesellschaft eines unbekannten Kopfes bolzengerade auf dem Boden stehen sah.

Wenngleich der Eindruck damals nur flüchtig war, hat er mich doch seither nicht mehr verlassen. Vom Augenblick des Wiedererkennens bis zu meinem Zusammentreffen mit Mishima im Jenseits war nur ein Schritt. Ich unterbrach meine Erzählung, um mit Mishima ein Gespräch in der Vorhölle anzufangen. Mein imaginärer Tod erfolgte so kurz nach Mishimas Sterben, daß unsere Körper gleichsam noch warm und in jeder Hinsicht lebensvoll waren. Es geschieht mir nun manchmal im Schlaf, daß ich das Gespräch mit Mishima fortführe und wir dabei Themen berühren, die wir anläßlich einer wirklichen Begegnung sehr wohl hätten diskutieren können.

Zu einigen dieser unserer post-mortem Themen hat sich

Mishima in seinem *Geständnis einer Maske** geäußert. »Kann es so etwas geben«, fragt er, »wie Liebe, die nicht im geringsten auf sexueller Begierde basiert? Ist eine solche Annahme nicht eine klare und eindeutige Unsinnigkeit?« Ehe ich eine Antwort versuche, möchte ich die folgenden Worte aus demselben Buch zitieren: »Mir erschien Sonoka« (das junge Mädchen, das er zu lieben wähnte) »als die Verkörperung meiner Liebe der Normalität, meiner Liebe für die Dinge des Geistes, die unvergänglichen Dinge.« Lassen Sie mich beiläufig hierzu sagen, daß ich hoffe, dieser Worte eingedenk zu bleiben, wenn ich mir Mishima und sein grausames Geschick vergegenwärtige.

Um zu seiner ersten Frage zurückzukehren: Ist Liebe ohne sexuelle Begierde möglich? Lassen Sie sie mich durch eine zweite ergänzen, die in meinem Haus ein häufiger Diskussionsgegenstand war: Kann man einen Menschen weiterlieben, der die Liebe nicht erwidert? Die beiden Fragen scheinen mir insofern genau ineinander zu passen, als sie uns die gleiche unmöglich anmutende Lösung anbieten. Nur verrückte Personen oder übermenschliche Wesen wären wohl imstande, solche Rätsel zu beantworten. Unter verrückten Personen verstehe ich hier insbesondere religiöse Eiferer, die nicht allein ein sozusagen göttliches Leben zu führen vermögen, sondern für die solche Probleme nur dazu dienen, ihren Charakter, ihren Mut, ihren Glauben zu stärken.

Im Reich der Liebe ist alles möglich. Dem wahrhaft Liebenden ist nichts unmöglich. Wichtig ist für ihn, für sie – *daß sie lieben.* Solche Menschen verlieben sich nicht, sie

* Reinbek bei Hamburg 1964, Rowohlt Verlag.

lieben einfach. Sie wollen nicht in Besitz nehmen, sondern in Besitz genommen werden, von der Liebe in Besitz genommen werden. Wenn ihre Liebe, wie es manchmal geschieht, universell wird, Mensch, Tier, Stein, sogar Schädlinge umfaßt, fragen wir uns, ob Liebe nicht vielleicht etwas sei, von dem wir gewöhnliche Sterbliche nur eine schwache Ahnung haben.

Mishimas der Jugend, der Schönheit und gleichermaßen dem Tode geltende Liebe scheint einer anderen Kategorie anzugehören. Sie hat keine Verwandtschaft mit der Liebe, die ich eben erwähnte, ist aber, wenn, wie in seinem Fall, übersteigert, auch höchst ungewöhnlich. Und sie ist narzißtisch gefärbt. Fast jedes seiner Bücher weckt, kaum aufgeschlagen, in uns die Vorstellung von seinem Lebensplan und seinem unvermeidlichen Ende. Gleich einem Musiker wiederholt er immer wieder seine drei Motive, Jugend, Schönheit, Tod. Wir gewinnen den Eindruck, daß er als ein Verbannter unter uns gelebt hat. Wie hätte er, von der Liebe zu den Dingen des Geistes, also unvergänglichen Dingen, besessen, auch nicht ein Fremdling unter uns sein sollen?

Wer vermöchte dem einsamen Verbannten Trost zu spenden? Nur der große »Tröster«, wie immer wir ihn deuten. In Mishimas Leben aber gab es offenbar keinen »Tröster«. Er war kein gläubiger Mann, er war ein Mann der Grundsätze, ein Stoiker in einer Zeit nicht des Hedonismus, sondern des krassen Materialismus. Die Art und Weise, wie seine Landsleute sich in ihrer neuen Freiheit suhlten, empörte ihn. Ihre Lebensauffassung war wie die der westlichen Welt, die sie nachahmten, auf das Niveau der Froschperspektive gesunken. Nichts mehr von apollinischer und dionysischer Haltung den Dingen gegenüber. Geld, Annehmlichkeiten, Sicherheit – waren zum erstrebenswerten Ziel geworden. Konnte der Krebs des modernen Lebens bekämpft werden? Mishima glaubte offenbar an diese Möglichkeit. Aber hatte er sie gründlich durchdacht? Wie könnten der alte Geist, die seligmachenden Tugenden unserer Vorfahren dem erschöpften, degenerierten Stamm des modernen Menschen aufgepfropft werden? Gewiß, der sogenannte moderne Mensch ist noch nicht wirklich existent geworden. Der heutige Mensch ist nur ein Schema des zukünftigen modernen Menschen. Er kann weder vor noch zurück; er steckt fest im Sumpf, den seine kurzsichtige Lebensvision geschaffen hat. Beheimatet ist er weder in sich selbst, noch in der Welt, die er zu beherrschen versucht. Sein sozialer Instinkt ist verkümmert, sein Leben ist isoliert, bruchstückhaft, in Auflösung, desolat.

Vor allem aber scheint dem Menschen von heute das Leben des Sinns zu entbehren. Oft wird gesagt, das wichtigste menschliche Phänomen, oder die wichtigste Geisteshaltung sei das Staunen. Auch diese Fähigkeit hat er offensichtlich verloren. Wir versuchen, das Universum mittels wissenchaftlicher Theorien zu erklären, sind aber außerstande, auch nur die einfachsten Erscheinungen zu erklären. Wir übersehen die Tatsache, daß Sinn erst deutlich wird, wenn wir die Planlosigkeit der Schöpfung entdecken. Wir verwechseln Ordnung und Rubrizierung mit Erklärung. Mit der Vorstellung von Unordnung oder Chaos wollen wir uns nicht abfinden, die Notwendigkeit ihrer Anerkennung ist jedoch entscheidend wichtig. Entscheidend wichtig auch die Anerkennung des völligen Un-

Sinns. Nur das Genie scheint die Wonnen des schieren Unsinns zu begreifen und zu schätzen. Unsinn ist das Mittel gegen die Eintönigkeit und Leere, die wir durch unser ununterbrochenes Streben nach Ordnung, *unserer Ordnung* bewirkt haben, das Mittel gegen unsere zwanghaften Anstrengungen, Sinn und Plan dort zu finden, wo sie nicht sind.

Oft, wenn ich einem von Mishima erwähnten Namen berühmter Personen der europäischen Geschichte begegnete, habe ich mich gefragt: wer waren seine Helden? (Ich erinnere mich, daß er als Kind Jeanne d'Arc bewunderte, bis er entdeckte, daß sie eine Frau gewesen war. Er spricht auch von Gilles de Rais, dem prächtigen und höchst geheimnisvollen Ungeheuer aus der Zeit des Rittertums, dessen Tun uns bis zum heutigen Tag vor Rätsel stellt.) Vor kurzem begann ich nachts im Bett einmal alle Namen der Menschen abzuspulen, deren Taten oder Gedanken oder Vorbild unser kulturelles Leben in hohem Maße beeinflußt zu haben scheinen. Und als ich sie dann aufschrieb, stellte ich sie paarweise zusammen, um (jedermann) zu fragen: Wenn Sie wählen müßten, für welchen der beiden würden Sie sich entscheiden? Mir schien, daß die Antworten, wenn dies auch nur ein Spiel war, wohl einige interessante Aufschlüsse geben könnten. Jedenfalls dachte ich an Mishima, als ich die Paare aufstellte. Welchen würde er wählen, wenn er sich äußern müßte?

Laotse oder den heiligen Franziskus von Assisi
Leonardo da Vinci oder Pico della Mirandola
Sokrates oder Montaigne
Hitler oder Tamerlan

Alexander den Großen oder Napoleon
Lenin oder Thomas Jefferson
Voltaire oder Emerson
Jeanne d'Arc oder Mary Baker Eddy
Keats oder Basho
Rimbaud oder Walt Whitman
Sigmund Freud oder Paracelsus
Montezuma oder Cortez
Perikles oder Karl den Großen
Karl Marx oder Gurdjieff
Hokusai oder Rembrandt
Richard Löwenherz oder Saladin
Chuang-tsu oder Rabelais

Unglücklicherweise, aus Gründen der Unwissenheit, habe ich die Namen vieler berühmter Japaner ausgelassen, die Mishima vielleicht gegen einige der oben aufgeführten ausgetauscht hätte.

Über so vieles hätte ich mit Mishima bei unserer imaginären Begegnung im Dewachan sprechen wollen. Zuallererst hätte ich ihn wegen meiner Grobheit anläßlich unserer leibhaftigen Begegnung in Deutschland, als er noch ziemlich unbekannt war, um Verzeihung gebeten. (Ich hatte gänzlich vergessen, daß ich je mit ihm zusammengetroffen war und wurde erst durch deutsche und japanische Zeitungen an den Vorfall erinnert.) Ich hätte Champagner und Zigarren bestellt – geträumten Champagner, geträumte Zigarren, gewiß – aber keiner von uns hätte den Unterschied bemerkt. Ich hätte versucht, ihm seine Befangenheit zu nehmen, seine Wachsamkeit zu überwinden, ihn, wenn möglich, zum herzhaften Lachen zu bringen. Allein um das zu erreichen, hätte sich, meines Erachtens, unsere Begegnung gelohnt. (Doch wie würde ich es anstellen, ihn zum Lachen zu bringen? Der Gedanke quälte mich.) Ja, ich hätte ihn in ein fantastisches Gespräch verwickelt – über Engel, Buddhisten und sonstwas, über die Feinheiten der Sprache, über die Aberwitzigkeiten der Metaphysik, über Zen in der europäischen Literatur, über Liebe in der westlichen und Liebe in der östlichen Welt, über die Physiologie der Liebe, will sagen, Liebe zwischen Atomen und Molekülen, himmlische Liebe, perverse Liebe, satanische Liebe, fruchtlose Liebe, Liebe zum Ungeborenen, immerwährende Liebe und so weiter *ad infinitum.* Ich hätte mich ihm gegenüber gerechtfertigt und gesagt, daß ich jetzt, in Erwartung meiner Wiedergeburt, Zeit fände, *alle* seine Bücher zu lesen und, wenn er dazu geneigt wäre, vielleicht mit ihm zu diskutieren. Wir würden alles erörtern, ausgenommen seine persönlichen Angelegenheiten. Wir hätten Zeit, Freud, Hegel, Marx, Blavatsky, Ouspensky, Proust, Rimbaud, Nietzsche, wen auch immer, wie auch immer zu diskutieren. Wir könnten uns sogar mit den Welträtseln befassen, sowohl von Haeckels als auch von unserem Standpunkt aus. Wir würden Huris und Feen, Göttinnen und Supermen herbeizitieren, Bewohner des Weltraums und Astralleiber, Helden und Ungeheuer. »Ich habe versprochen, euch bis ans Ende der Welt zu führen« – so Alexander der Große zu seinen kriegsmüden Soldaten. Das hätte ich ihm anbieten wollen. Eine Reise, eine wirkliche Reise. Einen durch Ideen, nicht Drogen eingeleiteten Trip. Einen Trip Arm in Arm durch die Milchstraße, zu beiden Seiten ein Engelsgeleit. Eine Reise durch die Wirklichkeit, nicht Grundsätze und Begriffe.

Welch erfreulicher Gedanke! Von nichts belastet als von Zeit oder Zeitlosigkeit. Wir würden unsere Wiedergeburt so lange aufschieben, wie es uns gefiel, bis wir Zeit und Ort unserer nächsten Inkarnation bestimmt hätten. Unsere Eltern und unsere neuen Identitäten würden wir peinlich genau wählen. Was würde er in seiner nächsten Inkarnation sein wollen – ein Führer oder ein einfacher Fischer? Ein Held oder ein Niemand? Was mich betrifft, so war ich mir bereits vor meinem Abgang darüber klar geworden. Ich würde ein Niemand, ein Jedermann werden wollen. Ob Mann oder Frau, gleichviel. Ein Leben der Sinne und des Intellekts führen. Ein gewöhnlicher Mensch sein, kein berühmter. Einer, der unbemerkt durch die Menge geht.
Doch sind wir die Herren über unser Schicksal? Wie gern hätte ich Mishimas Wahl gekannt! Ich wäre zu taktvoll, um ihn zu drängen. Wie es mir auch nie im Traum einfiele ihn zu fragen, wie seine Ehe gewesen sei oder ob er es jemals geschafft habe, Glück zu finden in der Liebe zu einem Mann, einer Frau, einem Schimpansen oder einem Kokosnußbaum. Vor allem aber hätte ich gern erfahren, ob er es noch für wichtig hielt, die Welt zu verändern – diese Welt, die nächste Welt oder die Welt zwischen Welten. Dies und die Antwort auf eine weitere Frage: wie war das Todeserlebnis gewesen? War es wirklich der absolute Höhepunkt oder ließ es der Phantasie noch Raum? In *Der Tempel des goldenen Pavillon* umschreiben Sie, mein lieber Mishima, einen Aspekt seiner Schönheit mit Worten, die ich nie vergessen werde. Sie sprechen von »Andeutungen des Nichts.« Wie es im japanischen Text heißt, werde ich nie wissen, im englischen Ausdruck aber

ist Magie. Und an anderer Stelle, in *Sonne und Stahl*, glaube ich, sagen Sie, Sie begännen, eine Vereinigung von Kunst und Leben zu planen. Ich fragte mich beim Lesen, wie ernsthaft, wie gründlich Sie diesen Gedanken durchdacht hätten. Ich fragte mich, ob Sie nie den in einem solchen noblen Vorhaben unausgesprochen enthaltenen Widerspruch geahnt hätten. Sie haben sich immer auf den Hörnern eines Widerspruchs aufgespießt, nicht wahr? Ihr ganzes Leben war ein Dilemma, seine einzige Lösung der Tod. Sie haben sich Ihren eigenen gordischen Knoten geschürzt und das Problem gelöst, indem Sie ihn mit dem Schwert durchhieben. Im selben Buch vielleicht schreiben Sie, Ihr Geist sei ständig von Langeweile bedroht. Dies ist eines der seltsamsten Rätsel, die mir Ihr Werk aufgibt. Daß von allen Menschen ausgerechnet Sie sich zur Langeweile bekennen. Es ist undenkbar. War also nichts da, das Sie in Wahrheit befriedigen konnte? Sind Sie nun zufrieden gestellt, nun, da Sie ihr Ziel erreicht oder verfehlt haben? Sind Sie zur Anschauung des Absoluten gelangt? Glauben Sie, daß es »einen Helden der Erleuchtung« geben kann? Oder halten Sie Erleuchtung für einen Mythos, Erfindung eines närrischen Mönchs?

Ja, mein lieber Mishima, tausend Fragen hätte ich Ihnen stellen wollen, nicht weil ich dächte, Sie wüßten nun die Antworten – nun, da es zu spät ist –, sondern weil Tätigkeiten und Kämpfe Ihres Geistes mich fesseln und befremden. Ihr ganzes Leben lang haben Sie gearbeitet, so viel, so hart – und wozu? Können Sie uns nicht noch ein Buch schenken, aus dem Jenseits schicken, ein Buch über die Nichtigkeit der Arbeit? Ihre Landsleute benötigen es; sie arbeiten wie Bienen und Ameisen. Aber genießen sie die

Früchte ihrer Mühe, wie es der Schöpfer für sie wollte? Sehen sie ihr Werk an und sehen, daß es gut ist? Sie wollten ihnen die Tugenden der Vorfahren einprägen, in der Absicht wohl, ihrem Dasein Wert und Inhalt zu geben. Doch wie war das Leben Ihrer Vorfahren – oder auch meiner? Haben Sie je das Privatleben der Millionen Namenlosen, die die Arbeit in der Welt verrichten, genau erforscht? Glauben Sie, ein Mensch habe ein reicheres, volleres Leben, weil er edel und tugendsam ist? Wer ist der Schiedsrichter in solchen Dingen? Sokrates hatte eine Antwort darauf; eine andere hatte Jesus. Und vor ihnen war Gautama, der Buddha. Kannte er die Antwort? Oder war seine Antwort Schweigen?

Ich bin sicher, daß Schweigen das einzige ist, woran Sie zuletzt Gefallen fanden. Sie waren so sehr bemüht, alles zu sagen, und darauf alles zu tun. Sie waren großartig in Ihren proteischen Heldentaten. Das eine, das Sie in Ihrer turbulenten Karriere versäumten, war, ein Clown zu sein. Sie schrieben über Engel, vergaßen aber deren Ergänzung, den Clown. Beide sind von der gleichen Art, nur sind die einen himmlisch und die anderen irdisch. In hunderttausend Jahren, wenn wir den Weltraum erobert haben – die Bedeutung solcher Worte bleibe dahingestellt –, werden wir wahrscheinlich mit Engeln verkehren. Das heißt, diejenigen unter uns, die nicht mehr so viel Wert legen auf ihren physischen Leib und sich ihres Astralleibs zu bedienen gelernt haben. Die Menschen, in anderen Worten, die verstanden haben, daß alles Geist ist, daß wir sind, was wir denken und daß wir haben, wonach wir wahrhaft verlangen. Auch in jenen fernen Tagen mögen noch zwei Welten bestehen – die Hölle, welche die Welt seit jeher war und die Welt der freien Geister, jener, die wissen, daß sie selbst die Welt schaffen. In seiner Rede *De dignitate hominis* sagt Pico della Mirandola:

> *»Mitten in die Welt, sprach der Schöpfer zu Adam, habe ich dich gestellt, auf daß du um so viel leichter Umschau halten könnest und alles sehen, was sie enthält. Ich schuf dich als ein Wesen, weder himmlisch noch irdisch, weder nur sterblich noch nur unsterblich, auf daß du dein eigener freier Bildner und Bezwinger sein sollest; du kannst zum Tier hinabsinken und kannst durch dich selbst wiedergeboren werden zu gottähnlichem Leben ... Du allein hast Macht, nach freiem Willen dich zu entfalten und zu wachsen; mit einem Wort, du hast den Samen allumfassenden Lebens in dir selbst!«*

Unsere Vorfahren haben viele Versuche unternommen, darunter auch den Ihren, der Ihnen selbst, gemessen an dem Vorhergegangenen, gering erscheinen muß. Bereits in früheren Zeiten gab es Männer, die ihrer Zeit um fünf- oder zehntausend Jahre voraus waren. Und wenn wir die Geschichte weit genug zurückverfolgen könnten, würden wir zweifellos entdecken, daß auch die Frauen die Welt einst regiert und davon geträumt haben, dem irdischen Leid und Elend ein Ende zu setzen. (Ironischerweise ist es nur dem primitiven Menschen gelungen, sich seiner Umwelt anzupassen und seine uralte Lebensweise in verhältnismäßiger Sorglosigkeit und Bequemlichkeit beizubehalten.) Vergessen von uns sind Namen und Taten aus dem Nebel der Vergangenheit, und wir wähnen, daß die Probleme, die sich der Welt heute stellen, neuartig und überwältigend seien. Die Zeit schwemmt alles davon, das

Gute wie das Schlechte. Das Leben in seinem Fortbestand gleicht einem nimmer endenden Fluß, und das sich mehr und mehr anhäufende Gerümpel seines Geschiebes nennen wir albernerweise Geschichte. Was ist Geschichte anderes als eine Fiktion, die uns in Schlaf lullt oder unsere Ängste schürt? Sind wir ein Teil der Geschichte oder ist die Geschichte ein Teil von uns? In fünftausend oder zehntausend Jahren wird es Japan vielleicht nicht mehr geben. Vielleicht stirbt das Land an Entkräftung, vielleicht geht es unter in einem glorreichen Waffenstreit. Wer weiß, wie es enden wird? Wir können nichts voraussehen, weder unseren Untergang noch unsere Rettung.

An die kleine Armee, die Sie aufstellten, Ihre Elitetruppe sozusagen, wird man sich wahrscheinlich schon in hundert Jahren nicht mehr erinnern. Ihr Name dagegen wird wohl weiterleben, nicht als der eines Menschen mit Erlöseranspruch, sondern als der Name dessen, der unterhaltsam war, der Worte spann. Als ein Mann, der die Schönheit liebte, dessen Worte eine leichte Welle der Erregung hervorriefen, mögen Sie im Gedächtnis bleiben. Worte können den Geist bewegen, doch nur der Geist antwortet dem Geist. Und was die Heldenstücke angeht: sie sind wie Staub. Die Ruinen einstiger Pracht liegen rings umher; sie befeuern uns nicht zu edleren, großartigeren Bestrebungen.

Ich habe mich ebenso schuldig gemacht wie Sie, mein lieber Mishima, durch den Versuch, die Welt als Lebensraum zu verbessern. Zur Zeit meiner Anfänge jedenfalls hegte ich diese Hoffnung. Seltsamerweise belehrte die Praxis des Schreibens mich über die Zwecklosigkeit solchen Trachtens. Schon ehe ich die Weisheitssprüche des heiligen Franziskus las, hatte ich beschlossen, die Welt mit anderen Augen anzusehen, sie zu nehmen, wie sie ist und mich damit zu bescheiden, daß ich mir eine eigene schuf. Diese Kehrtwendung machte mich weder blind für die bestehenden Übel, noch gleichgültig gegen das menschliche Leiden und Elend. Noch wurde ich durch sie unkritischer angesichts der Gesetze, Institutionen, Verhaltensregeln, die unser Leben noch immer bestimmen. Ich kann mir in der Tat schwerlich eine absurdere, unwirklichere Welt vorstellen als die, in der wir leben. Sie mutet eher, um mit den alten Gnostikern zu sprechen, wie »ein kosmischer Irrtum« an, eher wie das Werk eines Schwindlers, eines falschen Schöpfers. Damit die Welt gastlich würde, müßte erst stattfinden, was Nietzsche eine »Umwertung aller bisherigen Werte« nannte. Gelinde gesagt, es ist eine Welt des Irrsinns, in der die Geisteskranken leider außerhalb und nicht in der Anstalt leben. Kurz: so sieht sie für uns aus, wenn wir die Dinge nach unserem Gutdünken haben möchten. Japan ist nicht wahnsinniger und nicht gesünder als die übrige Welt. Es hat, wie Haiti, seine Zombies, wie Deutschland seine Kriegsherren, wie Amerika seine skrupellosen Industriemagnaten. Desgleichen hat es seine genialen Menschen, die weder bedeutender noch geringer sind als die anderer Länder. Seine Probleme sind nicht einzigartig, die sich anbietenden Lösungen sind es auch nicht. Japan war Ihre Welt, Ihr Nährboden wie Amerika der meine ist.

Vielleicht mache ich mir etwas vor, aber ich glaube, daß ich meine eigene private Irrenanstalt gefunden habe. Denn ich mag gleichfalls verrückt sein, doch bin ich es dann auf andere Art als meine Landsleute. Es stört mich nicht mehr, beobachten zu müssen, wie meine Mitbürger ihre eigene Vernichtung heraufbeschwören, da sie es nun einmal so wünschen. Mit dem, was sie mir an Hindernissen in den Weg stellen, habe ich zu leben gelernt, zudem werden die Hindernisse im Verlauf der Zeit immer weniger beängstigend und erschwerend. Man lernt, sich im Spiel zu behaupten, nicht indem man die Regeln befolgt, sondern indem man sie umgeht. Die einzige Schule, in der diese Kunst gelernt werden kann, ist das Leben selbst. Und nur eine scheinbare Meisterschaft können wir erlangen. Zuletzt haben wir ausgespielt, ausnahmslos alle, die für ihr Land gekämpft und die es nicht getan haben eingeschlossen.

Schließlich müssen Friedhöfe Bauernhöfen und Wohnungen der Lebenden Platz machen. Daß die Toten doch reden könnten – nicht über die jenseitige Welt, reden über die Welt, die sie verließen! Daß wir doch von der Erfahrung anderer lernen könnten! Aber sofern wir während unseres kurzen Aufenthalts hier unten überhaupt lernen, so nicht nach dieser Methode. Das einzige, was wir erhoffen dürfen, ist leben zu lernen, und dafür gibt es keine Dozenten. Jeder muß sein eigener Lehrmeister sein oder, wie manche sagen, den Weg finden und eins mit ihm werden. Die Ironie des Ganzen ist, daß unsere Fehler ebenso wichtig oder vielleicht wichtiger sind als die richtigen Funde. Versuch und Irrtum, Versuch und Scheitern – bis wir es aufgeben zu versuchen, mit anderen Worten es aufgeben, die Stirn gegen eine Steinmauer zu stoßen.

Vom Augenblick an, da der Soldat in den Kampf geht, besitzt ihn ein einziger Traum, der Traum vom Frieden. Vielleicht träumen die Generäle und die Admirale vom

Sieg; die Männer, die das Kämpfen besorgen, nicht. Nach dem zu urteilen, was ich von Ihnen las, scheint das Thema Frieden in Ihrem Werk nicht viel Raum einzunehmen, mein lieber Mishima. Dies fiel mir ein, als ich von Ihrem kleinen Verband gutgekleideter Soldaten las. (Verzeihen Sie den spöttischen Ton.) Jedesmal, wenn ich eine gut ausgebildete Armee in den Krieg ziehen sehe, stelle ich mir vor, wie dieser geschniegelte und gebügelte Haufen, die polierten Stiefel und polierten Knöpfe nach der ersten Feindberührung aussehen werden. Ich denke daran, daß diese Millionen schmucker Uniformen dazu bestimmt sind, zu zerfetzten schmutzigen Lumpen zu werden, die tote und verstümmelte Körper bedecken. Sonderbar, die Bedeutung, die der Uniform verliehen wird. Als ob der Körper für die Lebensfrist der Uniform in Pacht genommen sei. Ob Sie, als Sie Ihre kleine Armee aufstellten, wohl je dem möglichen Ende der Uniformen einen Gedanken widmeten, die zu bezahlen Sie so viele Zeit und Mühe gekostet hatte.

Im Hinblick auf Ihr hohes Ziel mag dies eine absurde Überlegung sein. Doch der Mann der Tat, dessen Rolle Sie zu spielen vorgaben, mußte sich dessen bewußt sein, daß Dinge wie Schmutz, Blut, Kot und Ungeziefer Faktoren im Kriegssport sind. In der Tat spielen der erste und der letzte dieser Posten eine Hauptrolle in jedem Krieg. Vielleicht aber verbat sich dem Ästhet und Dandy in Ihnen eine solche Betrachtungsweise.

Heute ist die ganze »zivilisierte« Welt nichts anderes als ein Heerlager, in dem die Opfer schweigend »Frieden, Frieden, gebt uns Frieden!« schreien. Und Sie, mein lieber Mishima, schien das merkwürdig wenig zu interessieren.

Nahmen Sie als erwiesen an, daß alles glatt gehen würde, sobald sie Ihre kleine Masche ausgeführt haben würden? Oder waren Sie einfach blind für die Folgen der Wiederbewaffnung? War damit genug getan, daß Sie das Mißlingen bekannten und durch ehrenhaften *Seppuku* sühnten? Ich kann nicht recht glauben, daß Sie ganz so unempfänglich, ganz so solipsistisch gewesen sein sollen. Dies ist ein Thema, über das ich mich im Schattenreich natürlich gern mit Ihnen unterhalten hätte. Alles, was nun bleibt, sind Mutmaßungen. Manche werden Befriedigung darin finden, Sie einen Narren, andere, Sie einen Fanatiker zu heißen, und noch andere, indem sie Sie zum Helden stempeln.

Was immer Sie waren, Ihr Fehlen ist ein Verlust für die Welt. So sind wir geneigt zu sagen, wenn ein genialer Mann von uns scheidet. In Wirklichkeit kann niemand und nichts in dieses Klischee vom »großen Verlust für die Welt« eingepaßt werden. Bedenken Sie die Millionen und Abermillionen, die allein der Krieg tötet, ganz zu schweigen von Erdbeben, Sturmfluten, Seuchen und so weiter. Wird die Zahl der Todesopfer schließlich errechnet, so wird der Verlust einiger weniger hervorragender Individuen feierlich proklamiert. Die im Kampf gefallenen Generäle erhalten gewöhnlich ungebührliche Beachtung. Aber nicht sie machen den großen Verlust für die Menschheit aus. Angebliche Helden sind sie, deren Pflicht es ist, den Tod auf dem Schlachtfeld zu riskieren. Nein, es sind die Künstler und die Denker, deren Verlust wir beklagen. Generäle und Admirale können jederzeit und allerorts ernannt werden, schöpferische Menschen nicht. Meist ist es zu spät, wenn die Worte und Taten der schöpferischen

Menschen Aufmerksamkeit erlangen; wir behelfen uns damit, ihre Namen denen der in den Pantheonen der Welt bereits aufbewahrten berühmten Toten hinzuzufügen.
Doch was ist mit den zahllosen Millionen, die umkamen, verstümmelt wurden und geistig gebrochen wurden? Waren unter ihnen nicht einige dazu bestimmt, noch größer zu werden als die bereits in ihren Heiligenschreinen Verehrten? Ist es nicht durchaus möglich, daß unter ihnen einige Denker und Erfinder waren, einige Männer von mehr als gewöhnlicher Phantasie, die unsere Welt verwandeln konnten? Denken Sie an die gewaltigen, von Männern wie Edison, Marconi, Einstein (um nur drei zu erwähnen) bewirkten Veränderungen. Gewiß waren nicht alle die unbekannten, die vergessenen Menschen, die im Kampf fielen, Strohköpfe und Tölpel. Vermißt die Welt sie, betrauert sie ihren Verlust? Die Welt hat keine Zeit für derartige Spekulationen. *Avanti! Avanti!* gellt sie. *Vorwärts!* obwohl vorwärts manchmal rückwärts besagt. *Vorwärts!* selbst wenn es universelle Vernichtung besagt. Das Leben, so heißt es, das Leben fordert dies. Doch mag es nun das Leben sein oder der Tod, was uns weitertreibt, die Welt jedenfalls bringt es auf irgendeine Weise fertig zu überdauern. Vielleicht nicht meine oder Ihre Welt, aber »die Welt«. Man fragt sich mitunter, was dieses seltsame Wort »Welt« in Wirklichkeit bedeutet.
Mögen Sie, der Sie ihr nun nicht länger angehören, in Frieden ruhen!

Inhalt

Eros in Griechenland

Texte von John Boardman und Eugenio Rocca

164 Farbfotos von Antonia Mulas

Aus dem Italienischen von Isabella Nadolny
und Ursula Knöller-Seyffarth

172 Seiten. Leinenband

Eros in Griechenland – ein bislang zu wenig beachteter Aspekt der uns sonst so vertrauten antiken Kultur, wurde zum Thema dieses Buches. John Boardman untersucht die Rolle griechischer Erotik im Mythos, in der Religion, der Literatur und der Gesellschaftsordnung. Weit entfernt von einer sozusagen anekdotischen Pointierung mehr oder weniger alltäglicher Erscheinungsformen, enthüllt er hier mit feinfühligem Verständnis eine Zone lebensvoller Menschlichkeit.

Antonia Mulas hat eigens für dieses Werk eine mehrmonatige fotografische Forschungsexpedition unternommen, um eine große Anzahl spezifisch erotische Kunstwerke – von denen einige übrigens bisher noch niemals abgebildet wurden – aus moderner Sicht fotografisch zu reproduzieren. In ihrer unterschiedlichen Funktion als Gegenstände zum täglichen Gebrauch oder zur Ausschmückung tragen sie, ob nun durch sakrale, gläubige oder abergläubige, dämonische oder antidämonische, ironische, laszive oder irdisch zweckbetonte Züge, zur Erschlüsselung einer alten Kulturwelt bei, auf die unser rastloses Forschen nach den Wurzeln unserer Kultur immer wieder hinsteuert.

Paul List Verlag

Johannes Gaitanides / Susanne J. Worm

Ägäisches Trio

Kreta – Rhodos – Cypern

267 Seiten mit 30 Abbildungen,
davon 4 Farbseiten. Leinenband

„Gaitanides ist so kenntnisreich, die geschichtlichen Gesichtspunkte sind so lebendig in die Schilderung der Gegenwart eingebunden, daß sich eine Einheit ergibt, aus der man Teile nicht herauslösen kann. Erstaunlich ist die empfindsame Schilderung der Wesenszüge der Minoischen Paläste, der charakteristischen Kleinkunst sowie der Fresken, der Kunst und Kultur überhaupt. Köstlich die Schilderung des Wesens des heutigen Kreters. Als eine andere Individualität tritt uns in Gaitanides' Schilderung von Zypern entgegen, die dem Orient so nahe gelegene Insel ‚im Schnittpunkt der Geschichte'.

Der Teil Rhodos ist von Susanne Worm selbständig verfaßt; er schildert hauptsächlich den historischen Ablauf von den mythischen Anfängen bis in die heutige Zeit".

Prof. Dr. Willy Zschietzschmann
im Hellenika-Jahrbuch

Paul List Verlag